NORDISKA HJÄLTESAGOR

BERÄTTADE FÖR BARN OCH UNGDOM

Andra Samlingen

av

Kata Dalström

Denna utgåva ©2020 Daniel Palmqvist
Förlag: BoD – Books on Demand, Stockholm, Sverige
Tryck: BoD – Books on Demand, Norderstedt, Tyskland
ISBN: 978-91-7969-822-5

INNEHÅLL

FÖRETAL

De i förra delen af nordiska hjältesagor förekommande berättelserna tillhöra den äldre tiden och ha i allmänhet en stor lokal utbredning; så t.ex. tilldraga sig händelserna i en del sagor dels i Skandinavien, dels i Germannien.

För att emellertid äfven lämna några skildringar af lifvet i Norden under ett senare tidsskede och af de under denna tid gängse sederna, har jag utarbetat en andra del af dessa hjältesagor, hvilka härmed öfverlämnas i ungdomens händer.

Sagorna i denna del skildra så att säga hvardagslifvet i Norden vid tiden näst före och omkring år 1000, således just under den så viktiga brytningstiden mellan hedendomen och kristendomen.

En del af Nordens gamla blotsmän draga också nu bort från fädernejorden, medtagande både tempel och gudabilder, och söka sig en fristad på Island. Där bygga de sina tempel, där blota de åt sina gamla gudar och där upprätthålles ännu länge den gamla offertjänsten.

Till denna sagornas ö öfverflyttas också den urgamla hedniska kulturen, där förvaras den som i ett helgadt rum och där upptecknas sedan i saga och sång våra forntida minnen.

Troget som i en spegelbild se vi i Jomsvikingasagan det råa, men kraftiga och djärfva vikingalifvet, detta lif så fullt af äfventyr och faror, men så lockande för unga, kraftiga sinnen.

Fria såsom fåglarna under himmelens fäste, seglade dessa sjökonungar hvarthelst deras lust dref dem och byte lockade dem. I deras sista fasta

borg Jomsborg sökte Palnatoke, deras kloke höf-
ding, genom stränga lagar och vikingaregler
bibehålla vid makt vikingasläktet. Men tiderna
förändrades, Jomsborg föll, och den siste vi-
kingen fick snart sjunga sin svanesång.
En ny tid rann upp, där ej vikingalifvet hörde
hemma.
I Gisle Surssons saga åter se vi den fredlöse man-
nens hårda kamp för lifvet. Dömd fredlös för
dråp, ehuru han, enligt tidens skick och bruk,
men ej enligt lag, var pliktig hämnas sin svågers
dråp, irrar Gisle Sursson som skogsman omkring,
döljande sig än här, än där.
Under många års irrfärder kämpar han sin hårda
kamp för lifvet, men dukar slutligen under för
sina många förföljare.
Sin sista strid mot öfvermakten stred han som en
verklig hjälte och hans död blef en hjältes död
fast Gisle Sursson föll som fredlös man.
Det finns så mycken ursprunglig kraft och karak-
tärsstyrka hos våra gamla nordmän, och deras
kvinnor voro så själsstarka och modiga, att det i
vår tid torde vara skäl att ånyo draga dem fram i
ljuset.
Med tanke på att just låta modet och själsstyrkan
tala sitt eget språk för de unga, är det dessa sagor
kommit till, mod och själsstyrka som vi behöfva i
vår tid mer än något annat.
Och jag hoppas detta språk må vinna genklang.

Stockholm i december 1905.
KATA DALSTRÖM

HERVARASAGAN

ARNGRIMS SÖNER

I forna tider bodde i norra Finnmarken, hvilken kallades Jotunhem, en konung vid namn Gudmund. Han var mäktig och vis och lefde i många mansåldrar på gården Grund i Glasevalls härad. Gudmund var en stor blotman och eftersom han lefde så länge trodde folket att Odödlighetens åker låg i hans land och efter sin död dyrkades han som gud. Hans son hette Hövund. Det var en rättrådig, klok, ädel man. Till honom kom folket i hans eget land och gränslanden för att få dom afkunnad i sina tvistigheter. Aldrig voro hans domar orättvisa och aldrig vågade någon jäfva dem. Söder om Jotunhem låg Ymesland och därifrån brukade resar och halfresar från konung Hövunds land röfva sig hustrur. En rese vid namn Härgrim röfvade från Ymesland Åma, Ymes dotter, som blef hans hustru. De fingo en son, Härgrim Halftroll, hvilken från Ymesland bortröfvade Agn Alfaspränge och sedan äktade henne. De fingo en son som erhöll namnet Grim. Men Agn var trolofvad med den åttaarmade Starkad Åkkämpe som då hon bortröfvades var på härnadståg norrut kring Elivågor. Då han kom hem och fick veta om Härgrims rof, rustade Starkad sig till strid och dräpte i holmgång Härgrim. Men Alf ville icke blifva Starkads maka utan hon dödade sig och Starkad gifte sig sedan med konung Alfs, i Alfhem, dotter Alfhild. Tor dräpte dock Starkad och Alfhild for tillbaka till sina fränder. Agn Alfaspränges son Grim bodde hos Alf tills han blef

3

vuxen, då han for vida omkring på härnadståg.
Slutligen bosatte han sig på ön Bolm vid Hålåga-
land, där han fick namnet Ögrim Bolm. Hans
maka var Böggered, en dotter till Starkad
Åkkämpe och med henne hade han sonen Arn-
grim Berserk, hvilken ock bosatte sig på Bolm
och blef en mäkta frejdad man.

På sina skepp for han vida omkring tills han en
dag nådde Bjarmaland, där konung Svaferlanes
rike låg.

Svaferlane var en mäktig konung, ty det förtäljes
att han härstammade från Oden. Han ägde också
ett ypperligt svärd, smidt af dvärgarne Dvalen
och Dulen. Svaferlane som en dag, då han farit
vilse i skogen, träffat dvärgarne, hotade att döda
dem, men då dvärgarne sagt sina namn bad ko-
nungen dem, då de voro de konstförfarnaste af
alla dvärgar, att smida honom ett svärd "som
skulle bita i järn som vore det kläde och i strid
gifva seger åt enhvar som bar det".

Dvärgarne samtyckte till Svaferlanes begäran och
då konungen på utsatt dag red för att hämta vap-
net, öfverlämnade dvärgarne svärdet. "Men",
sade Dvalen, "ditt svärd, Svaferlane, blifver en
mans bane hvarje gång det drages, tre nidingsdåd
skall föröfvas med det, och dig själf skall det
gifva döden." När konungen hörde dvärgens ord
höjde han svärdet för att dräpa Dvalen, men
denne räddade sig genom bergsdörren.

Konungen kallade svärdet Tirfing, öfverallt bar
han det och alltid skänkte det honom seger. Men
dvärgarnes spådom skulle gå i fullbordan. Svafer-
lane som dragit ut för att värja sitt rike mot

Arngrim Berserks vilda framfart, kom en dag i handgemäng med denne. Då konungen höjde Tirfing för att döda Arngrim, höll denne upp sin sköld för att värja sig. Skölden klyfdes väl, men svärdet borrade sig ned i jorden. Då Arngrim såg detta, afhögg han Svaferlanes hand, grep Tirfing och stötte det i Svaferlane som föll död till marken för sitt eget vapen. Då Svaferlane dött, tog Arngrim ett rikt byte och bortförde till sin gård på Bolm Öfura, konungens dotter. Öfura blef Arngrims maka och med henne hade han tolf söner. Den äldste var Angantyr. Han var hufvudet högre än sina bröder och utförde alltid två mäns arbete. Alla bröderna voro tappra, men illasinnade och ofta brukade berserkagången komma öfver dem. De foro vida omkring på sina skepp. Angantyr ägde Tirfing och de andra bröderna hade af Arngrim erhållit präktiga vapen. Segerrika gingo Arngrims söner nästan alltid ur striden. Då berserkagången kom öfver dem, gingo de oftast i land och brottades med skogarnas träd och klippor, ty voro de ensamma med sina män hände ofta, att de dräpte dem. Mycket förtaldes ock om deras bragder och deras rykte blef stort, och Arngrims söner blefvo fruktade vida omkring.

HOLMGÅNGEN VID SAMSÖ

En julafton, då bröderna sutto hemma på Bolm och Bragebägaren inbars, reste sig Angantyrs broder och aflade som skick och bruk var då bägaren tömdes, det löftet, att hemföra Ingeborg, kung Yngves fagra dotter i Uppsala, som sin brud. Någon annan hustru ville han ej äga.

På våren gjorde sig alla bröderna i ordning och seglade till Uppsala.

Då de landat gingo de upp till kungsgården och in i konungens hall, där Angantyr förtalde för drotten det heliga löfte han aflagt, och bad denne säga hvad utgång deras ärende skulle få.

Vanskligt syntes det konungen att svara. Men alla hans män hade hört Angantyrs ord. Då reste sig en bland dem, Hjalmar den hugstore. Ofta hade han värjt kung Yngves rike mot fienden och stora voro de tjänster han gjort sin härskare. "Minns herre", sade han, "den ära jag vunnit åt eder allt sedan jag kom till ert rike. För alla mina tjänster ber jag om er dotters hand, mig synes ock jag är värdigare än denna illasinnade berserk att få henne till maka."

Då konungen hörde Hjalmars ord försjönk han i tankar. Omsider genmälde han: "Min vilja är, att Ingeborg själf korar den till man som hon älskar mest." Då svarade Ingeborg: "Om er önskan är, att jag skall taga mig en make, så må det blifva den, om hvilken jag endast hört allsköns godt och icke någon af dessa illasinnade män, om hvilka ryktet vet att förtälja endast ondt."

Då Angantyr hörde Ingeborgs ord, utbrast han förtrytsamt: "Ej vill jag munhuggas med dig, ty väl ser jag du älskar Hjalmar; men du Hjalmar må vara hvars mans niding, om du ej vid midsommartid möter mig i holmgång söderut på Samsö."

Hjalmar svarade, att han icke skulle uteblifva från tvekampen och Arngrimssönerna foro hem till sin fader och omtalade hvad som timat.

Bröderna stannade hemma öfver vintern, men då våren kom rustade de sina skepp och drogo till jarlen Bjartmar på Adlejborg. Under det gästabud jarlen höll för de fräjdade männen, begärde Angantyr jarlens dotter Tova till maka. Jarlen samtyckte och bröllopet hölls. Strax efter gjorde bröderna sig redo till affärd. Natten innan uppbrottet skulle ske, hade Angantyr en dröm som han förtalde för jarlen.

"Det tycktes mig", sade han, "som vore jag med mina bröder på Samsö. Där sågo vi många fåglar som vi alla dräpte. Så kommo vi till en annan ö, där två örnar flögo emot oss. Jag gick mot den ene, och vi hade en hård fejd; omsider satte vi oss alldeles utmattade ned. Den andra örnen var i strid med mina bröder och fällde dem alla."

"Ej tarfvar den drömmen tydning", svarade jarlen, "mäktige mäns fall bådar den och säkerligen rör den dina bröder."

Bröderna seglade nu från Adlejborg och hem till Bolm, där de gjorde sig redo till Holmgången på Samsö. Då de voro färdiga gingo de, åtföljda af Arngrim, ned till skeppen. För första gången var fadern bekymrad för den kamp som förestod sönerna, ty väl visste han att Hjalmar den hugstore sökte sin like i tapperhet och mod och alltid i sitt följe hade de bästa kämpar. Vid skeppen skildes de, sedan fadern önskat dem lycka i striden.

Framkomna till Samsö sågo bröderna tvenne skepp ligga i hamnen Munarvåg. Bröderna antogo, att dessa tillhörde Hjalmar och Odd, den vidtbereste, som äfven bar namnet Pil-Udd. Berserkagången kom öfver Angantyr och hans bröder. Sex af dem gingo ombord på hvarje skepp, där de dräpte alla män, och hemskt vrålande, drogo de sig upp på land. Hjalmar och Odd voro, då berserkarne öfverföllo deras skepp, i land för att se om dessa anländt och då de sågo Angantyr och hans bröder med blodiga vapen stiga ned från skeppen, sade Hjalmar: "Ser du, att alla våra män fallit, nu synes mig troligast, att vi i afton skola gästa Oden i Valhall."

"Ej kommer jag att gästa Oden i afton", svarade Odd, "men väl skola dessa män vara döda och vi lefva."

Berserkarna kommo nu emot dem med dragna svärd och öfversköljda af blod. De sågo hemska ut. Hjalmar och Odd sågo, att en af dem var högre än de andra, och att från hans svärd lyste det som från solen. De förstodo, att det var Angantyr med svärdet Tirfing, och Hjalmar sporde, om Odd hellre ville slåss med Angantyr allena än mot hans elfva bröder.

"Med Angantyr vill jag kämpa", sade Odd, "ty svåra varda huggen han gifver med Tirfing, och min skjorta tror jag bättre skyddar mig än din brynja."

Men Hjalmar ville själf strida mot Angantyr; han drog sitt svärd och gick mot berserken. "Ett dåligt val du gör nu", sade Odd åt Hjalmar, medan han ropade till de andra berserkarne:

"En skall mot en
ärligt strida,
om mod ej fattas,
om feg man ej är!"

Hjorvard gick då fram till Odd, och skarpa voro huggen de skiftade. Odds silkesskjorta skyddade honom dock mot alla hugg, och länge dröjde det ej, innan Hjorvard segnade död ned till marken. Lyckligare blef ej Hervard, den tredje brodern, och snart lågo alla elfva döda på marken. Hjalmar och Angantyr kämpade under tiden med förtviflans mod, och dråpliga voro huggen de gåfvo, och det förtäljes, att Hjalmar fick sexton sår, och att Angantyr stupade på valplatsen. Men Hjalmar själf låg ock blödande på stranden. Odd gick fram till honom, sägande:

> *"Hur har du det, Hjalmar?*
> *Hy du skiftat,*
> *många sår dig pina.*
> *Din hjälm är klufven,*
> *ej hel din brynja!*
> *Snart skall lifvet*
> *lämna dig."*

Hjalmar genmälde:

> *"Sår har jag sexton*
> *och sliten brynja.*
> *Det svartnar för ögat,*
> *ej mäktar jag gå.*
> *I hjärtat mig rände*
> *Angantyr svärdet,*
> *härdadt i etter."*

Den döende Hjalmar kvad sedan en afskedssång till Ingeborg, drog en gyllne ring från sin arm, räckte den till Odd och bad honom lämna den till kungadottern på samma gång som han framförde afskedssången. Så dog Hjalmar. Odd seglade så till Uppsala, där han omtalade utgången af striden på Samsö och till Ingeborg lämnade Hjalmars ring och framförde hans sista hälsning. Då Ingeborg mottog ringen och hälsningen, dignade hon ned död. Odd begrof så de båda älskande i samma grafhög.

HERVAR

Angantyrs maka Tova födde någon tid efter sin makes död en flicka som erhöll namnet Hervar. Hon växte upp till en vacker mö och vande sig att handtera kast- och skjutvapen, sköld och svärd. Hon blef stark och stor, men liksom Arngrims söner illasinnad, och ofta gjorde hon mer ondt än godt. När det hårda lynnet kom öfver henne, sprang hon till skogs, dräpte män och gjorde mycken skada. Då Bjartmar fick veta detta, lät han gripa och föra hem henne, och någon tid var hon då lugn.

En dag gick hon till jarlen och sade: "Jag vill bort härifrån, ty jag trifs icke här." En tid efter försvann hon, klädd som man, från jarlens gård och gaf sig i följe med några vikingar. Hon kallade sig nu Hervard, och då vikingarnas höfding dött, blef hon deras ledare. En gång då de kommit till Samsö, steg hon i land och ville, att hennes män skulle följa henne, "ty", sade hon, "stora skatter kan man vänta att finna i grafhögarna". Ingen af hennes män vågade dock följa henne.

Kort före solnedgången steg Hervar i land, medan skeppen lågo kvar i Munarvåg. En herde som hon träffade, sporde hon, hvarest Angantyrs högar lågo. "Ej känner du denna ö", svarade herden, "följ med mig hem, ty för ingen är det rådligt att vara ute efter solens nedgång. Försök ej att på natten utrannsaka hvad ingen midt på dagen vågar, och vet, att brinnande eld sväfvar öfver platsen, så snart solen sjunkit." Herden försökte på allt sätt förmå Hervar att följa med honom hem. Men Hervar stod fast vid sitt beslut. Då solen gått ned, blef det ett väldigt dån, och eldslågor flammade upp ur högarna. Herden löpte till skogs, men Hervar fortsatte vägen fram och gick genom lågorna som om det endast vore rök, tills hon stod alldeles vid berserkarnas hög. Då kvad hon:

"Vakna Angantyr,
dig väcker Hervar,
enda dottern
af dig och Tova.
Räck mig ur högen
hårdeggadt svärd
dvärgar smidde
åt Svaferlane."

Angantyr svarade:

"Hervar, dotter,
dåraktig är du,
blott ondt dig bringar
att du oss nalkas.
Rasande är du,
som ropar på oss,
och vild i vanvett
väcker du döde.
Ej fäder begrof mig,
ej fränder goda
Tirfing togo.

> De två som lefde,
> nu är en
> dess ägare vorden."

Hervar kvad då:

> "Ej lögn du säge!
> Låte dig Oden
> aldrig finna
> fred i högen,
> om nu du girigt
> gömmer Tirfing
> och icke unnar
> arfvingen rätt."

Nu öppnade sig högarna, och öfver hela ön syntes eld låga. Angantyr kvad:

> "Helsport knackar,
> högarna öppnas,
> eld öfver ön
> på alla sidor,
> scener fasansfulla
> du skådar;
> skynda mö om du kan
> till skeppen åter."

Hervar svarade:

> "Ej brinna slika
> bål om natten,
> att jag fruktar
> flammande elden.
> Ej bäfvar möns
> modiga hjärta,
> fast dödsskuggor i dörren
> hon stånda ser.
> Mäktiga trollrunor
> tälja vill jag,

12

att I bland gastar
i grafven multnen,
om ej du ur högen,
Angantyr, räcker
hjälmarnes
Hjalmars bane.''

Angantyr kvad:

''Människor olik,
mö, du mig tyckes,
då du bland döde
dväljes om natten
med svärd vid sidan
och smyckadt spjut,
med hjälm och brynja
vid hjältars grafdörr.

Under min skuldra
svärdet hvilar
i eldslågor svept
från udd till fäste.
På jorden ej mö
så modig jag känner,
att svärdet i handen
svinga hon djärfs.''

Hervar kvad:

''Väl skall jag vakta
hvassa svärdet
och i händer hålla,
har jag det blott;
föga jag fruktar
flammande elden,
han lyder min blick
och lägger sig strax.''

Angantyr kvad:

13

"Dåraktig Hervar,
fast i högen modig
med öppna ögon
i elden du störtar!
Hellre jag räcker
från högen svärdet
dig, modiga mö,
jag ej mäktar det neka."

Svärdet blef därpå kastadt ut till Hervar som
kvad:

"Väl du gjorde,
då du mig gaf
ur grafven svärdet.
Bättre mig likar,
berserk, din gåfva,
än om jag hade
hela Norge.

Sitten nu alla
sälla i högen,
fara jag vill
fort härifrån;
döden nära
nyss jag mig tyckte,
då lågor röda
lyste omkring mig."

Därpå gick Hervar ned till stranden, men då det
dagades, såg hon, att hennes skepp voro borta.
Skrämda af dånet och elden på ön hade de lyft
ankar och seglat därifrån.

Hervar for då bort på ett annat skepp och kom ef-
ter någon tid till kung Gudmund på Glasevallar.
Där vistades hon vintern öfver.

En dag då Gudmund spelade schack och höll på
att blifva matt, sporde han, om ingen kunde

hjälpa honom. Då trädde Hervar fram och gaf konungen så goda råd, att efter en kort stund voro utsikterna för honom mycket ljusa. Hervar hade låtit Tirfing ligga kvar på sin plats, medan hon var sysselsatt med spelet. En af kämparne tog det i sin hand. Hervar såg det och ryckte Tirfing till sig och dödade mannen. Därefter lämnade hon hallen. Männen ville förfölja henne, men då sade konungen: "Varen lugna; hämnd på den kämpen är ej af så stor vikt som I tron, ty I veten ej, att det är efter en kvinnas lif I trakten, och dyrköpt kommer det säkerligen att bli er."

Men Hervar drog ut på härnad och for nu vida omkring, alltid segerrik. När hon ledsnat på det kringirrande lifvet, stannade hon hos sin morfader, jarl Bjartmar, där hon skickade sig som andra kvinnor. Hon lärde sig att sy, väfva och sömma, och vida omkring förspordes att Hervar skiftat hug.

KUNG HEDREK

Hövund, kung Gudmunds son, en vis, mäktig och rättrådig man, fick höra Hervar prisas, och en dag for han på sina skepp för att begära henne till maka. Hervar samtyckte, och båda begåfvo sig efter bröllopet hem till Gudmunds rike. De fingo tvenne söner, Angantyr och Hedrek. Båda växte upp till starka, väna och begåfvade män. Angantyr var lik sin fader, liksom denne mild, vänsäll och klok, han vardt mycket älskad af sin fader och af folket. Hedrek åter var hårdsint och illasinnad, och mest liknade han Arngrims söner. Hur mycket godt Angantyr än gjorde, så gjorde dock

Hedrek än mera ondt; af sina söner älskade Hervar mest Hedrek. En gång då Hövund skulle rusta till ett stort gille och bjudit alla stormän, hade han icke skickat bud till Hedrek. Detta grämde denne så mycket, att han lofvade att hämnas både på fadern och gästerna. Under gillets gång trädde Hedrek in i salen, där Angantyr steg upp och bad honom vara välkommen. Hedrek tog plats och satt under hela kvällen mörk och dyster. När Angantyr gått började han att uppegga de kvarvarande kämparne mot hvarandra. Flera gånger kom Angantyr in och förlikte dem, men alltjämt fortsattes kifvet, tills slutligen i dagbräckningen kämparne förbittrade rusade på hvarandra, och den ene af dem dräpte en af sina kamrater. Hedrek log däråt och tyckte gillet vunnit i anseende, då den röda saften färgade dukarna. Angantyr trädde just då in; han blef mäkta förbittrad öfver den del Hedrek tagit i trätan. När Hövund fick veta det, förvisade han Hedrek ur landet, såvida denne icke hellre ville dö.

Hedrek lämnade då gillesalen, och brodern följde honom. Då de kommit ut, mötte de Hervar som räckte Hedrek svärdet Tirfing. "Ej vet jag", sade Hedrek, "när jag kommer att skicka mig så olika mot fader och moder som de nu göra emot mig. Min fader jagar mig ur landet, och min moder skänker mig det bästa svärd som någon kan äga, för visso skall jag med det göra, hvad som kan gå min fader djupt till sinnet." I samma stund Hedrek slutade att tala, drog han Tirfing, som enligt dvärgarnes bestämmelse måste kräfva en mans lif hvarje gång det drogs. Då endast Angantyr var i hans följe, så gaf Hedrek sin broder banehugget, och så fullbordades det första nidingsdåd som dvärgarne sagt att Tirfing skulle blifva upphofvet till. Hövund blef mäkta sorgsen, då budskapet om hans mest älskade sons död nådde honom. Allt folket sörjde äfven, och präktigt var grafölet som dracks. Hedrek flydde till skogen, bedröfvad öfver sitt illdåd. Länge vistades han där, tills en dag tanken vaknade, att äfven han skulle kunna blifva en stor man, liksom före honom hans ätte-män varit och draga ut på härnadståg. Han vände åter till sitt hem, där han träffade sin moder som han bad att förmå fadern att på färden gifva sin son visa råd. Hervar gick till sin make och fram-förde sonens önskan. Hövund sade, att föga lönade det mödan att gifva sonen några råd, då han ändå aldrig skulle följa dem. Han uppfyllde dock Hervars begäran och gaf Hedrek många visa råd, däribland det att aldrig lägga Tirfing vid sina fötter. Hervar framförde Hövunds råd, men då Hedrek fick höra dem, utbrast han förbittrad: "Med argt sinne äro de gifna och aldrig kommer jag att följa dem." Så tog han afsked af sin moder som gaf honom en mark guld och bad honom att jämt hafva i tankarna huru hvasst hans svärd var och huru seger alltjämt följde dess ägare.

Hedrek begaf sig till Redgotaland, där en gammal konung vid namn Harald härskade. Då Hedrek kom till kungsgården, blef han väl emottagen och stannade länge vid konungens hof. Harald beta-lade skatt till tvenne mäktiga jarlar men länge dröjde det icke förrän Hedrek, som vunnit den gamle drottens vänskap, drog ut på härnadståg.

Han öfverföll de jarlar som gjort Haralds rike till deras lydland och en häftig strid utkämpades mellan dem.

Hedrek förde Tirfing och intet mäktade motstå hans hugg; de båda jarlarna föllo. Hedrek underkufvade landet och den gamle konungen gick den segersälle till mötes, för att visa honom sin tacksamhet. Han skänkte äfven Hedrek sin dotter Helga till maka samt halfva riket.

Hedrek skyddade landet, och sämja och endräkt rådde i riket.

På sin ålderdom fick konung Harald en son. Vid samma tid fick också Hedrek en son som erhöll namnet Angantyr. Då inträffade ett svårt missväxtår i landet. Folket offrade förgäfves till gudarna och utrönte snart att intet godt år skulle komma, förrän den förnämsta pilten i landet offrats.

Hedrek sade, att Haralds son var den förnämste, medan konungen sade att Hedreks son var det. Ingen annan än Hövund, Hedreks fader, kunde slita tvisten, då alla hans domar ansågos för rättvisa.

Hedrek for till sin fader och sporde hvilken af piltarna var den förnämsta.

Hövund sade att det var Hedreks, och då denne sporde hvad han skulle begära som ersättning, svarade fadern: ”Betinga dig hvarannan man af Haralds här, mer behöfver jag icke säga, då en man med ditt sinne har en sådan här.” Hedrek vände tillbaka till Redgotaland, där han samlade folket till ting och sade: ”Min son var det, min fader dömde att offras, men i gengäld gaf han mig hvarannan man af konungens här. Svärjen nu att I viljen gifva mig hvad mig tillkommer." Folket gjorde som Hedrek begärde, men så snart hären delats och männen svurit att i allt lyda honom både utom och inom landet ropade bönderna att Hedrek måtte utlämna sin son. Då svarade Hedrek: "Mig synes att Oden finge ersättning nog för min son, om han i stället fick konung Harald, hans son och hela hans här." Sedan befallde han sina män att höja fanan och angripa konungen och hans följe. Männen gjorde som Hedrek bjöd dem, och Hedrek stötte själf ned sin svärfader och dennes son. Det var det andra nidingsdådet som föröfvades med Tirfing. Haralds drottning Helga tog lifvet af sig, då hon sporde sin makes död. Men Hedrek blef konung i landet.

En sommar drog Hedrek ut på härnadståg till Hunaland. Han slog dess konung Humle och förde med sig till Redgotaland dennes dotter Sifka som han dock efter ett år skickade tillbaka. Sifka blef moder till ett vackert gossebarn som erhöll namnet Lod, hvilket sedan uppfostrades af morfadern. Hedrek drog på nytt ut i härnad och kom så till Saxland. Han gästade dess konung och friade efter någon tid till hans dotter Oluf. Konungen samtyckte och Hedrek erhöll hans dotter jämte land och mycken rikedom. Hedrek stannade dock icke länge i Saxland utan vände åter till sitt rike, medförande Oluf. Oluf bad dock Hedrek ofta att få gästa sin fader och slutligen samtyckte konungen, och åtföljd af Angantyr begaf han sig till Saxland. Efter någon tid gästade Hedrek sin svärfader. Han fann då att hans drottning var honom

19

otrogen, hvarför han på tinget förklarade sig skild
från henne. Därefter drog han tillsammans med
sonen bort och kom efter någon tid till Finland.
Där tog han som byte en skön kvinna som äfven
bar namnet Sifka. Efter sin hemkomst från Fin-
land sände Hedrek bud till konung Rollög i
Holmgård, att han ville uppfostra dennes son
Herlög. Konungen ville först icke skicka sonen
till Hedrek, men hans drottning rådde honom till
att icke så raskt vägra hvad Hedrek begärt, då
kanske därutaf mycken sorg kunde komma. Ko-
nungen sände då sin son till Hedrek som
uppfostrade honom med mycken kärlek. En gång
då Hedrek gästade kung Rollög och tillsammans
med dennes son var ute på vildsvinsjakt drog
Hedrek Tirfing och som endast Herlög var till-
städes blef han offer för den egenskap dvärgarne
smidt in i hans klinga. Hedrek sörjde mycket
öfver att han dräpt Rollögs son och slutligen
sporde honom Sifka hvad som tyngde hans sinne.
Hedrek talade då om att han dödat Herlög. Då
Rollögs gemål i sin tur sporde Sifka hvad som
gjorde Hedrek så sorgsen, nekade hon först att
säga något men slutligen anförtrodde hon drott-
ningen allt. Rollög fick nu veta hvad som händt
hans son. Han bjöd sina män att gripa till vapen.
Men Hedrek anade att Sifka förrådt honom och
bad äfven sina män att i hemlighet väpna sig.
"Gån sedan", sade han, "i flockar härifrån och gif
noga akt på hvad som händer."
Kort därefter kom Rollög och bad att ensam få
tala med Hedrek. Hedrek följde konungen men
knappast hade de blifvit ensamma förrän Rollögs

män störtade sig öfver Hedrek och bundo honom. Därefter befallde konungen att Hedrek skulle föras till skogen och hängas. Männen lydde konungens befallning. Hedrek fängslades men på vägen blefvo de öfverfallna af Hedreks kämpar. Förskräckta flydde nu Rollögs folk och Hedrek löstes ur sina fjättrar, hvarefter alla begåfvo sig till dennes skepp. Hedrek medförde konungens son, ty denne hade han aldrig dräpt. Rollög sporde detta och samlade en mäkta stor här för att öfverfalla Hedrek. För sin maka klagade han bittert öfver att ha lydt hennes råd, då de endast dragit ofärd öfver dem. "Säkert skall Hedrek nu, så ondskefull som han är, dräpa vår son."

"För lättrogna hafva vi varit", genmälde drottningen, "och vår son är i goda händer. Allt har blott varit en list af Hedrek för att pröfva oss och illa hafven I velat löna honom för vår sons uppfostran. Sänd därför några män till honom för att bjuda förlikning och så mycket af riket som I bägge komma öfverens om. Bjud honom ock din dotter, ty så fager husfru som hon kan blifva, äger kung Hedrek icke, och bättre är att vi återfå vår son än skiljas som ovänner."

Konungen gjorde som drottningen bad och förlikning ingicks. Hedrek fick Rollögs dotter Hergerd och Vendland som ligger intill Redgotaland. Sedan skiljdes konungarna och Hedrek for hem till sitt rike och blef en mäkta vis man; Sifka som var skulden till allt, kastade Hedrek i en å, en kväll då han skulle följa henne hem. Med Hergerd hade Hedrek en dotter; som fick namnet Hervar. Hon

uppfostrades i England och blef en fager mö, res-
lig och stark, och väl öfvad i manliga idrotter.

GESTRUNBLINDES GÅTOR OCH HEDREKS DÖD

I Redgotaland bodde på denna tid en mäktig man
vid namn Gestrunblinde. Denne hade fallit i onåd
hos Hedrek och fick en dag befallning att han
skulle komma till honom eller ock hade han intet
godt att vänta. Hälsningen tycktes Gestrunblinde
föga god, ty han visste att konungen aflagt löftet,
att en hvar som gåfve sig i hans våld skulle, hur
svårt han än förbrutit, dömas af konungens sju
vise män. Full lejd skulle han äfven få om han till
konungen kunde framställa gåtor som denne icke
kunde lösa. Gestrunblinde hade föga hopp om att
i ett ordskifte med konungen kunna göra denne
svarslös och af hans sju vise män väntade han sig
ingen nåd då hans förseelser voro många. Gest-
runblinde offrade nu åt Oden och lofvade honom
stora offer, om han ville hjälpa honom. En afton
kom till gården en man som äfven kallade sig Ge-
strunblinde. De voro så lika att man svårligen
kunde skilja dem åt, och då de bytt kläder med
hvarandra och Gestrunblinde själf gömt sig, höllo
alla den nykomna för den riktiga Gestrunblinde.
Den nykomna begaf sig emellertid till kung Hed-
rek och sade: "Hit har jag kommit för att förlika
mig med eder."
"Vill du höra de vises dom?" frågade konungen.
"Kan jag icke på annat sätt förlika mig?" sporde
Gestrunblinde.
"Om du säger några gåtor som jag icke gissar, är
du fri", genmälde konungen.

"Vanskligt är att säga gåtor, men vanskligare att dömas af dina vise män, och jag vill försöka med gåtorna", svarade Gestrunblinde.

"Rätt väljer du nu Gestrunblinde, men minns att mycket står på spel. Besegrar du mig får du min dotter till äkta, men icke synes du mig vara mycket vis och aldrig har det ännu händt, att jag icke gissat de gåtor man ställt till mig."

Därefter framsattes en stol till Gestrunblinde och han framställde därpå till konungen den ena gåtan efter den andra, och allt efter som tiden skred fram blefvo gåtorna svårare och svårare för kung Hedrek som ofta sade till Gestrunblinde: "Stor är din talfärdighet och mycket förundrar jag mig öfver din klokhet." Men så mattades Gestrunblindes vishet och slutligen sade Hedrek: "Dåliga blifva dina gåtor; nu är bäst du underkastar dig de vises dom." Men ännu ville icke Gestrunblinde uppge hoppet att få konungen svarslös.

"Hvilka tvenne", sade han,
"ha tio fötter
ögon trenne och
en enda svans?
Tänk på gåtan,
den tyd kung Hedrek!"

"Svårt frestar du nu, Gestrunblinde", sade konungen, "då du spörjer mig om ting som i forna tider varit och god är gåtan, men gissad Gestrunblinde. Oden red Sleipner, han hade åtta fötter och Oden två, tillsammans hade de tre ögon. Sleipner två och Oden ett."

"Är du mer klok", genmälde Gestrunblinde,
"än andra kungar.

23

Till sist mig Hedrek säg:
Hvad sade Oden
i Balders öra,
förr'n till bål han vardt buren!"

Då konungen hörde Gestrunblindes ord reste han sig vredgad och sade: "Ilska och illvilja tror jag det varit som hviskats, men det vet ensam onda och usla troll." Konungen drog Tirfing och högg till Gestrunblinde, men han förvandlade sig till en falk och flög ut genom salsgluggen. Svärdet tog i stjärtfjädrarna och allt sedan dess har därför falkens stjärt varit tvärhuggen. Gestrunblinde, som icke var någon annan än Oden, vardt mäkta vred på Hedrek, som också fram på natten blef dräpt. Hedrek hade flera högättade trälar, som han tagit i västerviking. De fördrogo sin träldom illa och då Hedrek lagt sig till hvila med helt få män hos sig, öfverrumplade de honom, bemäktigade sig Tirfing och dräpte Hedrek. Detta var det tredje nidingsdådet, som enligt dvärgarnes spådom skulle utföras med det åt Svaferlane smidda svärdet. Nu var förtrollningen bruten. Trälarna togo Tirfing och många kostbarheter, hvarefter de begåfvo sig bort från kungsgården och ingen visste hvar man skulle taga hämnd öfver konungens dråp.

Angantyr, Hedreks son, kallade folket samman till ett ting. Där korades han till konung och aflade det löftet att icke intaga faderns högsäte förrän han hämnats honom. En tid efter sedan tinget slutats försvann Angantyr. Han for vida omkring för att leta efter dråparna och kom en kväll till en å, kallad Grafån. I en båt såg han tre män, hvilka voro sysselsatta med fiske. En utaf dem drog upp en fisk och bad om en knif för att afskära dess hufvud. I stället för knifven räckte de mannen ett svärd, med hvilket han afskar hufvudet och Angantyr hörde honom kväda:

"Gäddan i Grafå gälda fick,
att Hedrek draps under Hervards-
fjällen."

Nu förstod Angantyr att svärdet var Tirfing och att han funnit sin faders banemän. Han gömde sig i skogen invid ån och stannade där tills mörkret föll. Då fiskarena rott i land följde Angantyr dem, och sedan de lagt sig till hvila i sitt tält, öfverföll och dödade Angantyr dem.

Svärdet Tirfing tog han med sig till sitt hem som ett vittnesbörd om, att han hämnats sin fader. Nu lät han tillreda ett ståtligt gästabud på sin faders gård och tog så arf efter honom.

Lod, Hedreks son med kung Humles dotter Sifka, hade vuxit upp till en skön yngling; då han sporde sin faders död, och att Angantyr tagit Hedreks rike i arf, kom han med Humle öfverens om, att han skulle af Angantyr utkräfva hvad som rättmätigt tillkom honom. Med en stor här begaf sig Lod till sin broder. Då han nådde kungsgår-den tillsade han en af sina svenner att gå in till Angantyr och bedja honom komma ut. Svennen gick in och framförde höfviskt sin herres önskan. Angantyr reste sig med detsamma, påtog sin brynja och gick med Tirfing i handen och åtföljd af sina män, för att möta Lod. "Var välkommen", sade han till Lod. "I ära och glans skola vi dricka mjöd efter vår fader."

"Ej hafva vi kommit för slikt ändamål", genmälde Lod, "hälften af hvad Hedrek ägt af vapen, rika skatter och borgar vill jag äga, den härliga skogen Mörkved, den kostbara grafven, där konungarna hvila och hyllningsstenen vid Dampstad bör ock komma på min lott."

"Förr må spjuten mötas och sköldar brista", svarade Angantyr, "innan jag ger dig hälften af hvad vår fader ägt och bryter Tirfing i tvenne delar. Men rika skatter, många män och en tredjedel af Godtjod skänker jag dig gärna!" Då Gissur Grytingalide, Hedreks gamle fosterfader, hörde hvad Angantyr erbjöd åt Lod, tycktes detta honom för mycket, och han sade förtrytsamt: "Nog skall trälinnans son taga emot hvad som bjudes."

Då Lod hörde hvad Gissur sade, vardt han mäkta vred och vände strax tillbaka med sina män till kung Humle i Hunaland, där han omtalade att Angantyr ej ville gifva honom hälften af arfvet. Lod omtalade äfven Gissurs ord och konungen var föga tillfredsställd öfver att hans dotterson skulle kallas en trälinna. Han sade: "Öfver vintern stanna vi dock hemma för att öfva folk och samla en stor här, sedan draga vi i härnad mot Angantyr och väldig blir säkerligen kampen som kommer att stånda mellan oss." Det blef som konungen beslutat. Under vintern samlades en stor här och då våren kom drogo konung Humle och Lod till Angantyr. Så stor var hären att den räknade trettiotre fylkingar, med tusen man i hvarje.

Då alla samlat sig redo de genom Mörkvedskogen, som skiljer Hunaland och Redgotaland. Då de kommit ut ur skogen sågo de en stor praktfull borg. Där bodde Angantyrs och Lods syster Hervar, som med sin fosterfader Ormar satts att värna landet mot hunernas anfall. En morgon, då hon stod uppe i vakttornet, såg hon stora dammskyar upphvirflade och hörde hästtramp. Genom dammet blänkte guldsmyckade hjälmar, sköldar och brynjor fram, och hon förstod att det var hunernas här. Hon skyndade sig ned och bad sin bursven att kalla samman det myckna folket som var samladt i borgen. Därefter bjöd hon dem alla att göra sig redo till strid och Ormar, sin fosterfader, att rida mot hunerna och bedja dem möta till kamp vid södra borgporten.

Ormar red ut ur borgen och då han nått fram till hunernas led ropade han: "Utanför borgporten söderut å slätten, bjuder jag eder strid, den som först kommer fram bide den andre."

Därpå vände han tillbaka till borgen, där Hervar stod färdig att med hela sin styrka möta fienden. Med Ormar i spetsen red hon ut ur borgen och snart drabbade härarne samman. Häftig var striden och mången kämpe föll på båda sidor, mer svårast var det för Hervars män. Slutligen föll hon själf. Då Ormar såg henne falla tog han till flykten och alla som kunde följde honom. Hunerna fortsatte under ett fruktansvärdt skriande sin väg mot Angantyrs borg. Dag och natt red Ormar så fort han förmådde, tills han uppnådde borgen. Han omtalade de sorgliga tidenderna att Hervar fallit och att hunerna inträngt i landet.

När Angantyr hörde detta, skiftade uttrycken i ansiktet. Han satt länge tyst. Så utbrast han: "Obroderligt for man med dig, härliga syster. Många voro vi här då mjödbägaren skulle tömmas, nu ser jag ingen som vågar rida mot hunerna, fast jag ber och ger skänker af guld." Då svarade Gissur: "Ej ber jag om guld för att rida mot hunernas här och bjuda dem kamp. Säg konung, hvart skall jag stämma dem till kamp?" "Vid Dylgia på Dunheden, vid foten af Jösurberget; där förr goter fröjdats åt kamp och seger", svarade Angantyr.

Då Gissur hörde Angantyrs ord kastade han sig upp på sin häst och red bort. Han stannade icke förr än han nått hunernas här och han ropade till dem: "På Dunheden vid Jösurberget blifven I dödens! Oden har jag anropat, nu må mitt spjut susa öfver er."

Då Lod hörde Gissurs ord ropade han till sina män: "Gripen Gissur Grytingalide." Men kung Humle tog till orda och sade: "Icke må vi mörda sändebud som ensamma komma till oss." Men Gissur ropade spotskt till mannen under det han gaf sin häst sporrarna och vände om den. "Icke kunna edra hornbågar fälla Gissur Grytingalide." Så red Gissur till Åhem. Då han kom till kungsgården sporde Angantyr om han träffat hunerna och om deras här var stor.

"På Dunheden stämde jag dem till strid", svarade Gissur, "och mäkta stor var fiendehären." Angantyr samlade nu från alla håll stridbara män och drog sedan med allt sitt folk till Dunheden. Kort efter sedan Angantyr nått fram kommo hunerna, och dagen därpå började kampen. Hela dagen stredo de och på kvällen drogo de båda härarne sig tillbaka till sina läger. I åtta dagar fortsattes den väldiga kampen. De fallnas tal kunde ingen räkna, men på Angantyrs sida förmärktes ingen manspillan, ty alltjämt nya kämpar strömmade till. Striden vardt allt hetare och hetare. Hunerna kämpade med förtviflans mod, men deras led glesnade och slutligen efter ett häftigt anfall från goternas sida veko hunernas fylkingar tillbaka. Då Angantyr såg detta steg han ut ur sköldborgen. Med Tirfing i handen fällde han mången kämpe och nådde slutligen konungafylkingen. Lod och Angantyr skiftade hugg och för Tirfings segerrika klinga föll Angantyrs broder och kung Humle. Då flydde hunerna, förföljda af Angantyrs män. Obarmhärtigt blefvo de nedhuggna, öfverallt syntes endast de fallnas lik.

Då striden upphört gick Angantyr ut för att bland kämparne söka sin broder. Då han funnit Lod kvad han sörjande:

"Oss ödet förbannat;
din baneman är jag.
Det hålles i minne
hård är nornors dom."

Angantyr var sedan länge konung i Redgotaland och mången konungaätt härstammar från honom.

JOMSVIKINGASAGAN

OM TOKE OCH HANS SÖNER

I Danmark, i häradet Fyn, bodde en mäktig och klok man vid namn Toke. Hans husfru hette Torvar, och med henne hade han sönerna Åke och Palne. Tillsammans med dessa växte äfven frillosonen Fjolne upp.

Då Toke blifvit gammal, sjuknade han och dog och länge dröjde det ej innan ock Torvar följde honom. Åke och Palne togo nu arf efter fadern, och då Fjolne sporde om de ämnade gifva honom intet, svarade Åke och Palne att de voro villiga afstå en tredjedel af lösöret, men jordagodsen behöllo de själfva; af dem ville de ej dela med sig. Fjolne blef mycket missnöjd med den delningen, och då han drog bort från fädernehemmet med sin anpart af arfvet, sade han, att han väl hoppades att någon gång kunna bli tillfälle att utkräfva hämnd för oförrätten.

Fjolne begaf sig till kung Harald Gormsson och vardt dennes närmaste man och rådgifvare.

Fjolne var klok, men ondskefull till sinnet, och sökte på allt sätt egga upp kung Harald mot Åke Tokesson, som emellertid blifvit en mycket mäktig och stor man.

Hvarje sommar låg Åke ute i härnad. Han var omtyckt af sina män, ty han var vänsäll och vis, och mången kämpe lämnade kung Harald Gormsson, som ofta syntes dem hård och orättvis, och slöt sig till Åke Tokesson.

Fjolne sade slutligen till Harald att så länge Åke vore i lifvet, komme Harald ej längre att ensam anses som konung. Då kungen hörde Fjolnes ord blef han mycket vred.

Åke var för tillfället på gästabud hos jarl Ottar i Götaland. Med tvenne skepp och hundra man på hvarje hade Åke dragit dit. Då nu Harald sporde detta, lät han utrusta tio skepp, bemannade dem med tillsammans femhundra män och befallde flottan att invänta Åke, och då denne var på hemfärd, öfverfalla honom och dräpa både Åke och hans män.

En natt blef Åke och hans män öfverfallna medan de lågo i sömn. Då de ej väntade någon fiende, voro de ej beredda till strid och segern blef lättköpt för kung Haralds män. Nu hoppades Harald Gormsson att ensam få anses såsom konung. Fjolne gladdes öfver att något hafva gengäldat orätten vid arfskiftet.

Då ryktet om Åkes död nådde Palne, tog han det så hårdt att han sjuknade; att kunna hämnas sin broders död hyste han föga hopp om, enär i så fall hämnden skulle utkräfvas af kung Harald själf.

Palne hade en fosterbroder, en rik och klok man vid namn Sigurd. I sin sorg vände sig Palne till denne och sporde om råd. Sigurd, som såg att Palne tog broderns död nära, ville försöka skingra hans sorg, och sade sig vilja, å hans vägnar, fria till jarl Ottars dotter Ingeborg.

"Visst tänker jag att min sorg säkrast lindrades om jag fick den mön, men väl fruktar jag, att jag icke får henne", genmälte Palne.

Sigurd for det oaktadt till jarlen. Han framförde sitt ärende sägande, att guld icke tröt på Fyn och att det gällde Palnes lif.

Jarlen lofvade slutligen sin dotter Ingeborg och sade, att han själf skulle föra henne till Palne på Fyn.

Sigurd vände tillbaka med det glada budskapet.

Palne gladdes och vardt strax bättre. Därpå begynte han tillrusta ett präktigt gille och på utsatt dag anlände jarl Ottar med sin dotter jämte stort följe, och med mycken heder vardt så Palnes och Ingeborgs bröllop drucket.

Om natten hade Ingeborg en dröm som hon vid uppvaknandet omtalade för sin make.

"Jag drömde", sade hon, "att jag här på denna gård uppsatt en lingrå väf. Långt på väfven hade jag icke kommit. Ränningen var behängd med vikter och medan jag väfde tyckte jag att från midten på väfven föll en af vikterna ned. Då jag tog upp vikten såg jag att alla liknade manshufvuden och att den jag höll i handen liknade Harald Gormsson."

Då Ingeborg slutat att berätta, sade Palne: "Detta är bättre drömt än odrömt."

Sedan slöts gillet och gästerna drogo, försedda med präktiga gåfvor, bort från gården.

Palne och Ingeborg lefde godt samman och länge dröjde det ej innan de fingo en son, som de kallade Toke.

Han växte upp hos föräldrarna och blef en fager, klok och vänsäll man som i allt mycket liknade sin farbroder Åke. Då han blef äldre kallades han för Palnatoke.

Palne dog innan sonen hunnit blifva vuxen, och tillsammans med sin moder rådde Palnatoke sedan öfver allt det gods och alla ägodelar Palne lämnat.

Så snart Palnatoke blef gammal nog drog han ut på härnadståg. En sommar då han var ute med många skepp och mycket folk, nådde han Bretlands kust. Där härskade jarl Stremme. Han hade en fager dotter vid namn Ålof och då nu fadern sporde att Palnatoke landat på Bretlands kust och ämnade härja och plundra, sändes, på inrådan af Björn Bretske, Ålofs fosterfader, bud till Palnatoke, med hälsning att jarlen bjöd honom välkommen till gästabud om han ville med fred draga fram genom landet.

Palnatoke tog väl upp denna inbjudan och drog med allt sitt folk fram till jarlens gård.

Under gillet såg han Ålof och blef genast så intagen af hennes skönhet att han begärde henne till maka. Jarlen samtyckte och deras bröllop vardt drucket vid samma gästabud.

I hemgift erhöll han hälften af riket samt jarlsnamn, och vid Stremmes död skulle den andra hälften af riket äfven tillfalla honom.

Palnatoke stannade sommaren och den kommande vintern öfver i Bretland, men då våren kom, sade han sig vilja vända åter till Danmark.

Innan han for, lämnade han sin del af riket i Björn Bretskes vård.

Därpå seglade han med sin husfru Ålof tillbaka till Fyn.

Numera gällde Palnatoke för att näst konung Harald Gormsson, vara Danmarks mäktigaste man.

Då kung Harald som danakonungars sedvänja var, for genom landet för att gästa rikets stormän, kom han äfven till Palnatoke, hvilken äfven tillredde ett präktigt gille.

Konungen stannade där länge som gäst.

I Palnatokes gård bodde en kvinna vid namn Åsa. Hon var fattig, men duktig i allt hvad hon tog sig före, och hon sattes därför att betjäna konungen. Harald tyckte väl om henne och då han sent omsider bröt upp och tiden så led om, fick Åsa en son som erhöll namnet Sven. Efter modern kallades han Sven Söne Åsason.

Åsa omtalade att kung Harald vore barnets fader och Palnatoke lät dem båda stanna på sin gård.

Och därtill sörjde denne väl för att gossen erhöll en god uppfostran som det passade sig för en kungason.

Då Sven var tre år gammal, drog kung Harald på nytt kring landet för att gästa sina stormän. Han kom äfven då till Palnatokes gård.

Palnatoke sade då till Åsa: "Du bör med svennen vid din hand träda inför konungen och säga: Den pilt du ser bredvid mig, herre, är ingen annans son är din, vi äga honom samman! Hur kungen än må taga dina ord, så var blott dristig. Jag skall stödja din sak."

Åsa gick framför konungen och talade till honom så som Palnatoke bjudit henne.

Harald sporde hvem hon vore, och då Åsa nämnt sitt namn sade han: "Förunderligt djärf tyckes du mig vara, men drag dina färde och drista dig icke att tala slikt så vidt lifvet är dig kärt."

Palnatoke sade nu: "Herre, vi känna denna kvinna och veta väl att hvad hon säger är sanning. För den skull hafva vi tagit gossen till oss och därmed har eder ära i alla händelser vuxit."

Kungen genmälte: "Detta väntade jag icke af dig Palnatoke, att du på detta sätt ville skylla denna sak på mig."

Palnatoke svarade: "Som din son vill jag ära svennen och söka höja hans ställning, men nu må detta samtal vara slut oss emellan."

Kort tid efteråt drog Harald med sitt följe bort från Palnatoke, men föga stor var vänskapen dem emellan nu.

SVEN OCH KONUNG HARALD

Sven växte nu upp på Fyn samman med Palnatokes och Ålofs son Åke och de båda blefvo fosterbröder. Många rådde Palnatoke att icke uppfostra ett barn som gällde för att vara kung Haralds son, men Palnatoke svarade dem: "I den saken vill jag själf råda och säkert skall något stort komma däraf."

Då Sven blifvit femton år, sade Palnatoke till honom: "Drag nu bort till konung Harald och bed honom erkänna dig som sin son, som du må kalla dig för, antingen det behagar honom eller ej."

Sven begaf sig ut, åtföljd af tjugu raska män, till konung Harald och talade inför Harald så som Palnatoke rådt honom.

Då han slutat sade kungen: "Hur förmäten är du icke som vågar kalla dig för min son. Stor var väl just icke din moders omtanke, då hon valde fader åt dig, och af dina ord tyckes det mig att du liknar en vettlös glop, föga olik moder din till lynnet."

"Sanning är det, att jag är din son", genmälte Sven, "och för visso har du endast heder af att behandla mig väl. Om du ej vill dela med dig af riket, så gif mig trenne bemannade skepp, för stor är icke den gåfvan, och min fosterfader Palnatoke gifver mig säkerligen icke färre."

"Lätt kan jag köpa din affärd med hvad du begär", svarade konungen, "men aldrig mera må du sedan komma inför min åsyn."

Harald gaf nu Sven tre skepp med hundra man på hvarje. Men hvarken folk eller skepp voro af bästa slag.

Sven vände tillbaka till Palnatoke och fick af honom äfvenledes trenne skepp med hundra man på hvarje.

Då Sven var redo att draga ut i härnad sade hans fosterfader:

"Pröfva nu en härnadsfärd med detta följe, men drag i sommar icke längre än att du härjar Danmarks kust och kung Haralds rike. Icke väntade jag att du skulle blifvit bättre mottagen, men underligt är att kungen höljer män, sådana som Fjolne, med ära, hvilken ingen rätt därtill hafver och låter dig vederfaras vanära."

Sven seglade bort med sina män och följde i allo Palnatokes råd. Han härjade i Haralds rike och då vintern kom vände han åter till sin fosterfader. På hemfärden öfverfölls han af en häftig storm och alla de skepp konung Harald gifvit honom förliste med allt folk ombord.

De af Palnatoke skänkta skeppen stodo sig bra
och lastad med ett rikt byte nådde Sven Fyn.
Han stannade där öfver vintern och då våren kom
sade Palnatoke:
"Än en gång skall du fara till konung Harald och
bedja honom visa dig större ära än han hittills
gjort. Begär sex skepp men väl rustade och be-
mannade med goda män."
Väl utrustad, lämnade Sven Fyn och då han
nådde kungens gård steg han med sitt följe dris-
tigt inför Harald, hvilken just då satt vid
dryckesbordet.
"God dag, herre konung", sade Sven.
Konungen såg på honom, men sade intet.
"Herre", fortsatte Sven, "än en gång är jag kom-
men för att bedja dig om skepp och folk."
"Detta var mer djärft än klokt taladt", sade ko-
nungen, "lönar du mig så godt för hvad jag sist
gaf dig? Rätt vore att du och alla dina män döda-
des, men för det rykte som går att du är min son,
skall detta icke ske."
"Herre", genmälte Sven, "gif mig sex väl beman-
nade skepp och jag skall sköfla edra ovänners
länder. Men gifven I mig icke det jag begär, så
skall jag med mina män ödelägga edert rike."
Kungen gaf honom då sex skepp jämte trehundra
I man, bedjande att Sven aldrig mer skulle
komma inför hans åsyn.
Sven lofvade värna landet, hvarefter han drog till
Palnatoke. Fosterfadern skänkte honom äfvenle-
des sex skepp. Han rådde Sven att äfven i år
sköfla kung Haralds länder, dock ej de samma
som förlidet år.

Fostersonen följde rådet och drog vildt härjande
fram genom Haralds rike.

Ryktet härom nådde ända fram till konungen,
men han gjorde dock intet för att värja sitt land.
Rundt om i riket hördes nu det talet att konungen
ej borde få behålla riket, då han intet gjorde för
att värja det. Då hösten kom vände Sven åter till Fyn, där Pal-
natoke på det hjärtligaste mottog honom.

Vintern gick snart.

Fram på våren sade Palnatoke: "Stor har din
styrka nu blifvit Sven, och Haralds välde har du
vållat mycket men, och hända kunde att du nu
kunde blifva herre öfver hans rike. Gör dina
skepp segelklara och drag till kungen. Begär af
honom fyra hundra man och tolf skepp; nekar han
gifva dig det, så bjud honom till strid."

Sven gjorde som Palnatoke sade och nådde ovän-
tad kungsgården.

Med alla sina män fullt väpnade trädde han inför
konungen sägande:

"Ett och detsamma har jag här bedt eder om: Gif
mig en del af riket och låt den ära vederfaras mig,
som tillkommer mig, såsom varande eder son.
Föga ära hafven I hitintills visat mig! Om jag än
under mina härnadståg synts eder dristig, bör
detta ej öfverraska eder, jag har därmed blott ve-
lat aftvå den skam, jag af eder fått lida! Gif mig
tolf skepp och fyrahundra man, så skall jag lämna
edert rike i ro."

Vredgad svarade kung Harald:

"All ondska rymmes i ditt sinne och oförvägen är
du, då du vågar visa dig inför mig. Ej liknar du

min ätt och förr skola vi behandla dig och ditt
folk som tjufvar och mordbrännare, än jag ger dig
någon del af riket. Hvarför lämnar du ej mitt rike
i ro?"

Då Fjolne hörde konungens ord sade han:
"Länge, herre, har Palnatoke haft sin hand med i
allt hvad Sven förehar och dessa plundringar af
riket komma säkerligen från honom."

"Två ting kung Harald hafven I att välja emellan.
Gif mig hvad jag begär eller ock må det blifva
strid oss emellan", sade Sven.

"Svår är du att komma till rätta med", genmälte
kungen, "och lättskrämd är du icke, dock denna
gång våga vi ej inlåta oss i strid med dig, därtill
äro vi ej rustade."

Därefter gaf Harald honom tolf skepp och fyra-
hundra man.

Sven for sina färde och landade snart vid Fyn.
Då Palnatoke såg honom sade han: "God tyckes
mig din färd hafva varit, och länge tör Harald
icke vara kung i sitt rike. Med gåfvor vill han
köpa sig fri från dig, men väl vet han, att du äger
rätt till del i landet. Härja än en gång i Danmark
och sluta icke upp förrän du eröfrat det. Jag
gifver dig lika många skepp som dem du redan
har och här på Fyn vet du att du alltid har ditt
hemvist och är trygg. Själf drager jag i sommar
till Bretland för att träffa Stremme jarl, men på
hösten kommer jag till din hjälp, ty jag anar att
Harald samlar en stor här för att bekämpa dig.
Minnes dock, att du aldrig skall fly, om än fien-
den är större till antal."

Sven följde Palnatokes råd. Dag och natt härjade han ikring Haralds rike, och från rikets alla kanter kommo flyktingar till kungens gård, för att klaga sin nöd.

Då Harald sporde att Sven på nytt härjade i hans rike, blef han mäkta vred.

Med femtio skepp som hade en stor krigshär ombord, drog han bort att uppsöka sonen, ty nu tyckte han sig länge nog hafva haft tålamod med härjningarna.

Vid Bornholm möttes de båda flottorna. Det var på aftonen och med knapp nöd kunde man urskilja hvarandras skepp, hvarför striden uppsköts till dagbräckningen. Då drabbade skarorna samman och hård vardt kampen.

Kämpar föllo å ömse sidor, och tio af Haralds och tolf af Svens skepp drefvo om kvällen omkring utan manskap.

Sven sökte då skydd vid en ö, inne i en liten vik. Harald lade sig utanför med hela sin flotta och stängde denne inne. Ty för att komma ut måste Sven bryta sig igenom hela den fientliga flottan. Palnatoke hade emellertid med tjugufyra skepp landat på andra sidan af ön. Han gick ensam uppåt skogen. Sin båge hade han med och pilkogret hängde öfver axeln. Då han gått ett stycke fick han se en eld flamma och igenkände då vid skenet konung Harald och hans män. Kungen höll på att värma sig. Nedhukad och stödjande sig på händerna och armbågarna, vände han ryggen åt det håll där Palnatoke stod.

Palnatoke lade nu pil på bågsträngen och sköt af. Pilen träffade kung Harald, som föll död till marken.

Då Fjolne såg att kungen fallit, skyndade han sig att draga ut pilen, för att utröna hvem som vore kungens baneman. Då han såg att den var virad med guld, förstod han strax hvem som skjutit af den dödande pilen.

Fjolne och männen öfverenskommo om att ej säga att kung Harald dödats i skogen, utan fallit i strid.

Men Palnatoke återvände till skeppen och gick sedan, åtföljd af tolf män, att uppsöka Sven. Han nämnde dock för denne intet om att kung Harald vore död, utan sade i stället, att så snart det blifvit dager skulle den fientliga flottan göra ett öfverfall på Sven. Så hade han sport.

"Föraktligt synes mig det dock vara", fortsatte Palnatoke, "att ligga vanmäktiga här inne i viken. Vi gå alla ombord på skeppen och ro så häftigt vi förmå mot kung Haralds flotta och bryta oss igenom. Då morgonen gryr kunna vi värdigt möta fienden."

Palnatokes råd följdes och man lyckades bryta sig igenom, hvarefter de båda flottorna förenade sig med hvarandra.

Så fort det blifvit ljust nog, angrepo de konungens här och först nu under stridslarmet omtalade Palnatoke att kung Harald vore död.

Från sitt skepp uppmanade han alla kungens män att kora Sven till härskare öfver Danmarks rike, eller ock strida.

Kämparne rådslogo en kort stund med hvarann, hvarefter alla enades om att välja Sven till konung, Deras beslut kungjordes och de svuro så Sven trohet.

Sedan drogo Palnatoke och Sven genom landet och öfverallt hyllades Sven Sone-Åsason som konung.

SVEN OCH PALNATOKE

Sedan nu Sven en tid varit konung, skulle han enligt gammal sed dricka arföl efter sin fader.

Fjolne hade erbjudit sig att träda i Svens tjänst, liksom han tillförne varit hos dennes fader. Och Sven hade mottagit hans anbud.

Fjolne, som nu var en gammal man, var lika dolsk och ondsint som förr.

En dag sade han därför till kungen: "Sanningen om kung Haralds död har man fördolt för eder. Palnatoke har illslugt fört er bakom ljuset, han har endast understödt eder, för att han själf skulle genom svek kunna döda er fader. Palnatoke är kungens baneman, det kan jag med vittnen intyga och ej kunnen I vara konung, utan att utkräfva hämnd af honom för eder faders nesliga död."

Då kung Sven sporde detta blef han mäkta vred och beslöt bjuda Palnatoke till sig på gästabudet, ty då arföl skulle drickas efter Harald Gormsson, hans fader, skulle fosterfadern dräpas.

Sven sände därför bud till Palnatoke och bad denne att komma och gästa honom. Fosterfadern finge medföra så många män han för godt funne. Sändebuden framförde kungens hälsningar, men Palnatoke kunde ej infinna sig, enär Stremme jarl i Bretland nyligen dött och Palnatoke just skulle fara dit för att taga riket i arf efter honom.

Med det beskedet vände sändebuden åter till Sven.

Men Palnatoke drog till Bretland. Innan han lämnade hemmet, bad han sin son Åke stanna kvar och väl värna landet. Sven hade under tiden uppskjutit grafölet.

Men vid sommartid sände kungen ånyo bud till Palnatoke och bad honom komma och gästa kungens gård och medföra så mycket folk han önskade.

Men Palnatoke svarade, "nu tynger mig krankhet och föga duglig är jag till färden".

Så fort sändebuden rest, syntes emellertid hos Palnatoke ej spår af sjukdom.

Då kung Sven mottog hälsningarna, sade Fjolne: "Nu sen I godt att jag talat sanning, då jag förtalt eder om den död eder fader fick. Icke kan ni längre uppskjuta att dricka arföl efter en så mäktig man som kung Harald. Sänd åter bud till Palnatoke. Er vrede må drabba honom om han icke kommer."

För tredje gången sände nu Sven bud till sin fosterfader för att inbjuda honom till arfölet efter fadern.

Sändebuden framförde kungens inbjudan, men sade tillika Palnatoke, att kungens vrede skulle drabba honom, om han ej infunne sig till gästabudet.

"Om så är att kungen hotar mig med sin vrede ifall jag ej kommer", svarade Palnatoke, "så mån

I säga honom, att jag reser till gillet när jag för godt finner, men kommer gör jag."
Sändebudet återvände och framförde hans svar till kung Sven.
Ett ståtligt gästabud tillreddes nu, och till arfölet kommo många och ansenliga män.
Nu var gillesdagen inne, men ännu syntes ej Palnatoke. Dagen gick till ända utan att han infann sig. Alla gästerna satte sig dock till bords.
Sven lät blott högsätet och en oansenligare långbänk nere vid dörren stå tomma, enär han väntade att Palnatoke och hans män dock skulle komma. Där fanns plats för hundrade män.
Palnatoke hade under tiden från Bretland dragit till gästabudet. Åtföljd af Björn den bretske hade han begifvit sig på färden.
Då han tog afsked af sin maka Ålof, sade hon: "Mig anar att vi ej mera skola se hvarann."
"Ej kan hvad du nu säger hindra mig från att resa", svarade Palnatoke, "ty tid är att Sven får veta sanningen angående sin faders död, men nog skulle jag önskat, att han ägde en annan rådgifvare än Fjolne."
Palnatoke seglade så med tre skepp och tre hundra man till kung Sven. Mot aftonen steg han i land ej långt från kungsgården.
Skeppen förtöjdes så, att stammarna vändes utåt och årorna fingo ligga kvar vid årtullarna.
Därpå gingo männen till kungsgården.
Med hela sitt följe steg nu Palnatoke in i salen och hälsade kungen.
Sven tog emot hälsningen, hvarefter han anvisade dem plats å långbänken nere vid dörren.

Kort efter det att Palnatoke och hans män intagit sina platser, steg Fjolne fram till kungen och samtalade hviskande med honom.

Kungen vardt röd som blod och skiftade färg.

Framför kungen stod hans fackelsven, Arnold. I gossens hand lade nu Fjolne en pil och befallde att han skulle gå från man till man i salen och spörja ifall någon kändes vid densamma. Arnold gjorde som Fjolne bjudit honom. Då han slutligen kom fram till Palnatoke, tog denne pilen och sade:

"Väl känner jag den pilen, den är min."

Det vardt dödstyst i hallen.

"Du Palnatoke, hvar var det du sist lade den pilen på bågen", frågade konung Sven.

"Ofta", genmälde Palnatoke, "har jag fogat mig efter din vilja. Om du nu är mera hågad att inför många män erhålla mitt svar, än inför få, skall jag äfven nu göra dig till viljes. Så vet då, att när jag sist lade den pilen på bågen, var då jag dödade din fader, Harald Gormsson."

Palnatoke hade knappt slutat tala innan Sven ropade: "Stån upp och gripen Palnatoke och hans män och döden dem alla, ty nu är det ute med vår vänskap."

Nu hördes vapenbrak och stort gny inne i salen. Kämparne rusade på hvarann. Fjolne och Palnatoke drabbade samman och med ett kraftigt hugg af svärdet, klöf Palnatoke Fjolnes hufvud.

"Icke skall du längre illslugt tala om mig inför konung Sven", sade Palnatoke.

Därpå vände han sig till Sven, sägande: "Icke skall det förunnas dig att kräfva hämnd på mig,

länge nog tålte jag din fader, och dig har jag alltid
låtit godt vederfaras."

Därpå lämnade han själf och hela hans skara sa-
len. Ingen af gästerna hade lyft sin hand emot
dem, ty alla voro vänligt stämda mot Palnatoke,
och då de hunnit ned till skeppen, saknades blott
en af Björn Bretskes kämpar.

"Mindre förlust var väl ej att vänta", genmälde
Palnatoke. "Men låtom oss nu skynda oss åstad."

Förgrymmad svarade Björn Bretske: "Ej skulle
du så löpa iväg, om det varit någon af dina män."
Med de orden ilade han upp till kungsgården och
in i hallen, ryckte till sig den döde bretten, kas-
tade honom upp på ryggen och återvände
skyndsamt till stranden. Därpå gingo de ombord
och rodde hastigt bort i nattens mörker.

Ingen sökte hindra deras affärd.

Men uppe i kungsgården fortgick gillet och ett
präktigt arföl vardt af Sven drucket efter hans fa-
der. Därpå återvände gästerna hvar och en till sig
med rikliga skänker som de erhållit af konung
Sven.

PALNATOKE GRUNDLÄGGER JOMSBORG

Då nu Palnatoke kom åter till Bretland, fann han
att Ålof under tiden dött och han sörjde henne
djupt. Vintern öfver stannade han dock kvar i
Bretland, men efter sin makas död, fann han
ingen trefnad därstädes, utan beslöt att ånyo
draga ut i härnad. Då våren kom, rustade han sina
skepp och drog ut på vikingatåg, härjande och
plundrande hvart han kom.

Björn Bretske styrde under tiden riket.

I tre somrar hade Palnatoke nu legat ute och hvart han kom så vann han segrar.

En sommar ärnade han härja i Venden, där kung Burislef härskade. När kungen nu fick spörja detta, vardt han nedstämd, ty han hade hört mycket förtäljas om Palnatokes bragder.

Burislef sände emellertid några män till Palnatoke med den hälsningen, "att han i trenne dagar skulle vara gäst hos vendernas konung som ej önskade annat än att få lefva i fred med honom".

Dessutom ville kungen skänka Palnatoke fylket Jom, på det att han skulle kunna slå sig ner där.

På så sätt skulle de båda tillsammans kunna värja riket mot fiender.

Palnatoke tog väl upp kungens hälsning och gick in på förslaget.

Härefter blefvo Burislef och Palnatoke de bästa vänner.

Palnatoke lät sedermera på Jom uppföra en borg, kallad Jomsborg, som blef vida berömd.

En del af borgen var byggd ute i sjön. Inne i borgen låg en hamn som var så stor, att tre hundra långskepp kunde rymmas därinne. Öfver själfva inloppet reste sig ett väldigt stenhvalf och genom stora järnportar kom man ur hamnen, ut på hafvet.

Dessa järnportar voro försedda med järntaggar.

På stenhvalfvet reste sig ett kastell, hvarest funnos slungor, och hela borgens inre var byggdt med stor omsorg.

Tillsammans med sina bästa män stiftade så Palnatoke lagar som skulle gälla för kungens folk.

Ej skulle någon hvars ålder var öfver femtio eller under aderton år kunna upptagas i Jomsborg.

Och i borgen finge ingen man vistas som veke för en kämpe lika rustad som han själf. Ej heller den som ryggade tillbaka för kampen mot tvenne män.

Om någon af vikingarna föll, voro de andra skyldiga att hämnas den döde, såsom om denne varit far eller bror.

Tvedräkt finge ingen kämpe väcka inom borgen och ej heller fick man fara med ondt och osant rykte. Man skulle lefva i sämja såsom bröder.

Inom Jomsborgs murar fick ingen kvinna komma.

Och ej heller ägde någon viking rätt att utan Palnatokes lof vistas längre än en natt utanför borgen.

Bröt någon mot dessa lagar, skulle den skyldige förgöras, det månde nu vara en aldrig så förnämlig kämpe.

I god sämja vistades nu kämparne samman inom borgens murar och hvarje sommar drogo de ut på härnadståg.

Ingenstädes kunde man finna deras vederlikar, och ryktet om dem gick vida omkring i världen.

Under tiden hade Åke, Palnatokes son, kvarstannat på Fyn, medan fadern dragit omkring på vikingatåg. Trots ovänskapen mellan konung Sven och Palnatoke, voro dock Åke och kungen de bästa vänner, ty Åke var en både vänsäll och klok man.

Öfver Bornholms fylke härskade en rik och mäktig man som hette Vesete. Han hade en dotter kallad Torgunna och till henne friade nu konung Sven för Åkes räkning.

Förutom Torgunna hade han tvenne söner, Bue och Sigurd hvite eller kåpa som han ock kallades.

Vesete samtyckte till sin dotters giftermål med Åke, och ett präktigt bröllop vardt drucket.

Åke och Torgunna fingo en son som kallades Vagn. Han växte upp hos fadern, men tycktes föga likna honom, ty han var styfsint och svår att komma tillrätta med.

Sin morbroder Bue höll han dock af. Bue var en ordkarg, gifmild och storsinnad man, och därtill var han så stark, att hans like ej på den tiden fanns i hela Danmark.

Han höll äfven mycket af Vagn. Då gossen vuxit upp var han reslig och fager samt väl förfaren i alla idrotter.

Öfver Seland härskade vid den tiden en jarl vid namn Harald, med tillnamnet "Strut-Harald". Det namnet hade han fått, emedan han hade en hätta med en stor guldtopp på.

Med sin maka Ingegärd hade han sönerna Sigvalde och Torkel samt dottern Tova.

Sigvalde var ful, men hade underbart vackra ögon, hans broder Torkel åter var högrest, senfull, stark och mycket vettig.

Stora härmän voro båda bröderna och städse följde segern dem.

De hade nu utrustat tvenne skepp, med dem ämnade de fara till Jomsborg för att söka inträde där.

Då sönerna af fadern begärde penningar till resan, svarade han dem, att dessa kunde de själfva skaffa sig eller ock slå hela resan ur hågen.

Bröderna begåfvo sig åstad, och då de så kommo till Bornholm, stego de i land där och plundrade den bästa af Vesetes gårdar.

Sedan styrde de ut till hafs och nådde inom kort Jomsborg.

De lade skeppen utanför hamnportarna och när Palnatoke såg huru präktigt utrustade de voro, förstod han att det måste vara mäktiga män som sökte inträde. Han sporde så hvilka höfdingarna voro.

Sigvalde omtalade då att de båda voro söner till Strut-Harald, jarl på Seland. Och att de båda tilllika med sina män önskade att blifva upptagna i borgen.

Palnatoke svarade: "Godt är det rykte som om eder nått oss. Det stämmer väl med eder ätts."

Därefter öfverlade han med de öfriga vikingarna. Dessa röstade för att hamnportarna skulle öppnas för Sigvalde och Torkel. Dock skulle dessa på förhand känna Jomsborgs lagar innan de kunde slippa in.

Hälften af deras män upptogos ock därjämte.

Vesete hade emellertid dragit till konung Sven och förtalt honom, huru vildt Strut-Haralds söner farit fram. Tillika hade han omtalat huru svårt det varit för honom att förmå sina söner afstå från att genast utkräfva en blodig hämnd.

Kung Sven bad Vesete vara lugn.

"Jag skall", sade han, "sända bud till Strut-Harald och bedja honom gifva dig böter för den skada hans söner tillfogat dig. Därmed hoppas jag du låter dig nöja", sade kungen.

Vesete återvände så hem.

Men kung Sven sände bud efter jarl Harald, såsom han lofvat.

När jarlen fick höra hvarom fråga var svarade han: "Ännu har jag icke i min ägo de penningar, jag som böter skall gällda, för det att mina män skaffat sig får och oxar till föda."

Uppbragt svarade då kungen: "Far då hem. Jag har sagt dig min önskan, må du nu vakta dig själf för Vesetes söner."

"För dem rädes jag icke", svarade Harald. Därpå for han hem.

Ryktet om jarlens och kungens samtal nådde äfven Vesete och hans söner. De läto utrusta två skepp och med två hundra man seglade de till Seland. Där plundrade de tvenne af Haralds bästa gårdar och förstörde allt som kom i deras väg.

Då Harald fick spörja detta, vände han sig till konung Sven och bad honom söka åstadkomma en förlikning, gärna ville han nu gå in på allt hvad kungen fordrade.

Men Sven bjöd nu jarlen att handla efter som han själf funne för godt, då han tillförene ej velat lyssna till hvad kungen rådt honom göra.

Då Harald hörde Svens svar, utbrast han: "Om blott kungen förblir i ro skola vi nog veta att handla efter egna råd."

Med tio skepp seglade så Harald till Bornholm och ödelade tre af Vesetes bästa gårdar. Därpå återvände han hem.

Då Vesete sporde dessa onda tidender for han åter till kung Sven. Han blef väl mottagen och framhöll så för kungen, att det lätt nog kunde utbryta krig, om ej förlikning kunde åvägabringas.

"Jag skall snart fara till Isöre ting", sade kung Sven, "dit skall jag bjuda jarl Harald att komma, och där skola vi förlikas."

Då tiden var inne att draga till tings, for kungen dit med stort följe. Han hade femtio skepp.

Jarl Harald kom med tjugo, men Vesete med blott fem. Hans söner syntes ej till.

Vesete slog upp sina tält på stranden. Harald tältade längre upp och emellan dem slog kung Sven läger.

Mot aftonen kommo tio skepp seglande från det håll där Harald bodde.

Då höfdingarna och manskapet stego i land, såg man att det var Vesetes söner.

Bue var präktigt klädd, och då han kom närmare igenkände allt folket att han var iförd Haralds högtidskläder och på hufvudet bar han jarlens dyrbara hätta med guldtoppen.

Då Bue stod framför Harald sade han: "Om du, jarl Harald, känner igen några af de kostbarheter du här ser oss bära, så råder jag dig att, om du äger något mannamod kvar, nu, utan feghet taga dem tillbaka."

Konung Sven gjorde allt för att få till stånd en förlikning. Slutligen lyckades detta på de villkor, att Bue återlämnade jarlens kläder och för de tvenne gårdar som de utplundrat, skulle lämnas ersättning.

I gengäld skulle Strut-Harald gifva sin dotter Tora till maka åt Sigurd Kåpa, och de tvenne gårdarna skulle medfölja som hemgift.

Då tinget var slut, rustades det till bröllop hos Strut-Harald. Gäster samlades och bröllopet firades med mycken ståt och prakt.

Därefter drogo Vesete och hans söner hem till Bornholm.

Länge hade dock ej Bue Digre varit hemma, förrän han ville fara till Jomsborg, och dit ville ock Sigurd Kåpa fara, trots det han så nyss gift sig. Tvenne skepp med hundrade man på hvarje utrustades nu, och inom kort afseglade de båda bröderna från Bornholm.

Då de kommit till Jomsborg, kastades ankar utanför hafsportarna och Palnatoke jämte de förnämsta männen inom borgen gingo ut för att se hvilka de voro och spörja om deras ärende.

Sigvalde, den ena af Strut-Haralds söner, igenkände då härförarna.

Han sporde då Bue och Sigurd på hvad vis tvisten blifvit bilagd mellan dem och Vesete.

"Hvad som timat oss emellan", svarade Bue, "är långt att berätta, men vare det nog sagdt, att vi nu äro förlikta."

Palnatoke vände sig då till sina män, sägande: "Viljen I innan dessa män vinna inträde i borgen, utröna om de talat sanning eller ej? Själf har jag god lust att genast taga emot dem, ty få finnas som äro deras likar i mod och tapperhet."

"Äfven vi önska, att de genast måtte upptagas", svarade männen.

Hamnportarna öppnades och Bue och Sigurd lade sina skepp i hamnen. Af deras folk blefvo åttio man Jomsvikingar.

Vagn, Åkes son, hade nu blifvit tolf år. Växelvis hade han än vistats hemma och än hos morfadern Vesete, men så våldsam var han till lynnet, att hans fränder knappt visste huru de skulle handskas med honom.

Till slut beslöt Åke att gifva Vagn ett långskepp, jämte femtio man, och morfadern, Vesete, gaf honom lika mycket. Ingen af männen var öfver tjugu eller under aderton år, blott Vagn själf var tolf år.

Lifsmedel och vapen skulle han själf skaffa sig.

Seglande utefter Danmarks kuster, röfvade och plundrade nu Vagn, och skaffade sig på så sätt både rustningar och vapen. Därpå seglade han till Jomsborg.

Strax vid soluppgången kom han dit och stannade utanför portarna.

Palnatoke, Sigvalde, Bue och ännu många flera bland Jomsvikingarna trädde ut på borgmuren för att spörja hvem han vore.

Men Vagn frågade i stället om Palnatoke funnes i borgen.

"Palnatoke är jag själf", svarade denne, "men säg mig, hvem är du som skickar dig så ståtligt?"

"Mitt namn är Vagn, Åkes son, och ej döljer jag för dig, att min fader är Åke på Fyn. Hit har jag kommit för att inträda i eder skara. Lätt var just ej att handskas med mig i hemmet, och föga lära fränderna sakna mig."

"Fogligare lär du väl icke blifva här", genmälde Palnatoke.

"Ej har ryktet talat sanning om dig", genmälde Vagn, "om du ej så kan tämja mitt sinne, att jag kan som god kamrat trifvas samman med dina kämpar, och nog visar du oss väl någon ära då vi kommit till dig."

Palnatoke vände sig till sina män och sporde dem om det syntes dem rådligt att intaga Vagn i borgen.

"Trots det att Vagn håller mest af mig bland sina fränder", sade Bue, "tycks det mig rådligast, att han aldrig kommer inom Jomsborgs portar."

Då Vagn hörde Bues ord, sade han: "Icke väntade jag detta af dig, men hvad säger Sigvalde, Strut-Haralds son?"

"Sanningen måste jag säga dig", svarade Sigvalde, "ej önskar jag, att du någonsin blir en af de våra."

Palnatoke frågade nu huru gammal Vagn var.

"Tolf år", svarade Vagn.

"Då har du ej våra lagar på din sida", genmälde Palnatoke, "du är för ung och det är omöjligt att intaga dig i vår borg."

"Icke vill jag, att du bryter dina lagar för min skull", svarade Vagn, "men icke brytas de, om jag ställer mig jämngod med dem som fyllt aderton år."

"Begär ej detta af mig, frände", svarade Palnatoke. "I Bretland ger jag dig mitt halfva rike, och helst af allt sänder jag dig till Björn Bretske."

"Hvad du där bjuder, synes mig godt", sade Vagn, "men jag vill ej taga emot det."

"Hvad har du då i sinnet?" sporde Palnatoke.

"Det skall du få höra", sade Vagn, "jag bjuder Sigvalde, att med två skepp och hundra man, komma ut ur borgen för att strida mot mig. Om jag blir den segrande, upptager ni mig i eder kämpaskara, men förlorar jag, drager jag mina färde. Min utmaning blir ej lätt att neka, ty så ställer jag mina ord: Jarlason! Sigvalde! Om du är en tapper man och har mera mod än kvinnfolk pläga ha, må du slåss med oss."

"Hör du hvad Vagn säger, Sigvalde? Han väljer ej väl sina ord och säkerligen komma ni att sättas på fullgodt prof. Jag afråder er icke från att upptaga den striden", sade Palnatoke.

Sigvalde och hans män gjorde sig så redo till strid och med två skepp rodde de mot Vagn. Kampen vardt hård. Männen å Vagns skepp läto ett tätt stenregn falla ned öfver Sigvaldes skepp, och då stenarna tagit slut, drog man sina svärd. Slutligen måste Sigvalde draga sig upp mot land för att skaffa sten.

Vagn följde efter och striden fortsattes på land. Då Palnatoke som från muren åsett striden, tyckte sig märka, att segern lutade öfver åt Vagns sida, ropade han åt Sigvalde: "Sluta slaget! Denna strid skolen I ej härda ut i. Mitt råd är att ni mottaga Vagn, i trots af att han ej har den åldern inne som våra lagar bjuder. Men godt hopp torde det vara, att han med åren blifver en fullgod kämpe."

Man slöt upp att strida. Trettio af Sigvaldes män voro då fallna, men få af Vagns.

Portarna öppnades och Vagn blef insläppt. Det förmäles att Vagn i Jomsborg vardt saktmodig och godsint, så att bättre kamrat ej kunde uppletas. Han vardt ock mycket afhållen.

Liksom de öfriga Jomsvikingarna, låg han alltid om somrarna ute i härnad och inom kort vardt Vagn satt till höfding öfver en stor kämpaskara. Jomsvikingarnas rykte växte öfver hela världens norra del, hvart de kommo gaf sig folket på nåd och onåd, ty ingen vågade stå dem emot.

PALNATOKES DÖD VARVID SIGVALDE BLIR JOMSVIKINGARNAS HÖFDING

I fyra somrar hade nu Vagn samman med Jomsvikingarna dragit ut på härnadståg och vunnit rykte och guld.

Då sjuknade Palnatoke. Jomsvikingarna inbjödo då konung Burislef till sin borg.

Palnatoke talade med kungen och sade till honom: "Herre, jag anar att jag ej skall få flera sjukdomar än denna, det synes mig så, då jag betänker min ålder. Det tyckes mig för den skull godt om man korade en höfding som efter mig tog ledningen och kunde styra på samma sätt som jag."

Kungen frågade: "Hvem finner du lämpligast härtill?"

"Många tappra kämpar finnas här", genmälde Palnatoke. "Bue och Vagn äro i idrotter och kraft hvarandras like, men båda äro de fåordiga och till följd däraf föga lämpade till höfdingeskapet. Ingen synes mig klokare och dugligare härför än Sigvalde."

"Goda hafva dina råd varit", genmälde Burislef, "och äfven nu skola vi följa det."

Palnatoke gaf därpå Bretland åt Vagn och på samma gång bad han Jomsvikingarna att på allt sätt vårda sig om Vagn, "ty ingen är mig kärare", sade den gamle höfdingen.

Kort efteråt dog Palnatoke och Sigvalde blef korad till höfding för Jomsborg.

Vagn Åkesson, Bue Digre, Sigurd Kåpa och Torkel Höge voro näst efter Sigvalde borgens förnämsta män.

Ej lång tid efter Palnatokes död kunde man märka, att de stränga lagarna började att ej efterlefvas så noggrant.

Så stannade kvinnorna kvar inom borgen nätterna öfver, männen stannade borta längre än de enligt lagen hade rätt till, och både slagsmål och ett och annat dråp kunde ske inom borgen.

En dag lämnade Sigvalde borgen och begaf sig till kung Burislef. Af honom begärde han att till maka få den äldsta af kungens döttrar, Astrid, en både klok och fager ungmö.

"Två ting må du välja emellan: antingen skänker du mig din dotter Astrid till maka, eller ock lämnar jag Jomsborg och höfdingeskapet."

Burislef svarade: "Väl hade jag tänkt att bortgifta min dotter med en ansenligare man, men dig kan jag ej undvara i borgen. Bäst därför att vi alla tre öfverlägga om saken."

Kungen uppsökte nu Astrid och tillfrågade henne hvad hon syntes om ett gifte med Sigvalde. Burislef tillade: "Du vet att jag behöfver honom såsom värn för mitt rike."

Astrid svarade: "Icke hafver jag stor lust till gifte med Sigvalde. Men att tvärt afvisa honom vore föga klokt. Låt oss af honom fordra några stordåd, ifall han som maka vill hemföra mig. Vi skola af honom kräfva att han gör Venden fritt, så att det ej behöfver betala någon skatt till Danmark. Och vi skola fordra att han bringar konung Sven hit, med så ringa följe, att du helt har kungen i ditt våld."

Kungen framförde Astrids svar.

Sigvalde sade: "Svåra hårdt är det du nu vill att jag skall utföra och icke vet jag huru det skall kunna fullgöras."

"Ej känner jag rätt ditt vett och ditt sinnelag, om du ej skulle kunna finna på någon utväg", genmälte kungen.

Sigvalde höll dock alltför mycket af Astrid, för att afstå ifrån henne.

Han kom därför öfverens med Burislef om, att innan den tredje julen gått till ända skulle han ha fullgjort de prof Astrid fordrat af honom.

Samma vår drog Sigvalde med tre skepp och tre hundra man till Seland. Då han landat, träffade han några män som upplyste honom om, att konung Sven med sexhundra man gästade en gård ej långt därifrån.

Sigvalde lät vända skeppen med framstammarna utåt. Därpå tillsade han tjugu af sina män att begifva sig till Sven och säga honom att hela hans rike och lifvet med stode på spel, om han icke besökte Sigvalde som låg mycket illa sjuk.

Så snart kung Sven fått denna hälsning, bröt han upp från gästabudet och begaf sig, åtföljd af trettio man, ned till stranden. Sigvalde hade lagt sig och låtsades vara mycket illa sjuk; han låg ombord på det längst ut liggande skeppet.

Då kungen närmade sig skeppen, sade Sigvalde
till sina män: "Då kung Sven med sina trettio
man kommit ombord på första skeppet, så skola
ni draga upp landgången, då han kommit ombord
på det andra med tjugu af sina män, så dragen I
upp äfven denna brygga och när han väl med tio
män hunnit ombord på det tredje skeppet, där jag
är, så dragen upp äfven denna sista landgång. Se-
dan får jag väl hitta på någon råd."

När Sven steg ombord, gjorde männen så som de-
ras höfding hade befallt dem. Och följaktligen
hade kungen endast tio män med då han kom om-
bord på höfdingeskeppet.

Konung Sven sporde huru det stod till med Sig-
valde, och alla svarade, att hans krafter voro nära
slut.

Sven gick då fram till bädden, där Sigvalde låg,
och lutade sig ned öfver honom.

Då fattade Sigvalde ett kraftigt tag om kungens
midja och därpå ropade han till sitt folk: "Drag
upp ankarna, fatta årorna och ro så snabbt I för-
mån bort från land."

På strand stod nu konungens folk och kunde intet
göra för att rädda honom, och de sågo huru skep-
pen allt mer och mer avlägsnade sig. Ovisst
syntes dem nu deras furstes öde.

Sven frågade Sigvalde hvad denne hade i sinnet
mot honom.

"Herre", sade Sigvalde, "ej vill jag svika eder.
Följ mig endast till Jomsborg, där skall ni vara
välkommen till det gille som vi till eder ära vilja
tillreda. Där skall ni ock få veta hvarför detta ti-
mat."

För kungen återstod ej annat, i den belägenhet han var, än att taga Sigvaldes förklaring för god. När de anländt till Jomsborg, tillredde Jomsvikingarna ett ståtligt gästabud och Sigvalde omtalade vid detta tillfälle hvarför han bortfört kung Sven från Danmarks land.

"Endast af vänskap har jag fört eder hit, herre", sade Sigvalde. "Jag har nämligen för eder räkning friat till kung Burislefs dotter Gunhild, en mäkta fager och klok ungmö. Själf har jag giljat till Astrid, hans äldsta dotter. Nu drager jag till kung Burislef och ordnar allt, medan I i ro sitten här på Jomsborg."

Sigvalde drog så till Burislef. Här sade han, att han kommit för att äkta Astrid, "ty nu", sade han, "har jag tillfyllest fullgjort din dotters villkor, enär konung Sven som fånge vistas på Jomsborg".

Då kung Burislef fick veta detta, blef han mycket glad. Han fröjdade sig öfver, att nu hafva Danakungen i sitt våld, och ville genast resa till Jomsborg för att aftvinga Sven löfte, att Venden nu skulle blifva fritt från skatten till Danmark.

Sigvalde blef förtörnad öfver det sätt, på hvilket kung Burislef ville behandla en så mäktig man som Dana-kungen och han sade: "Tillfogas konung Sven någon nesa, kan detta draga mycket ondt efter sig. Bäst är att stor vördnad visas konungen. Gif honom din dotter Gunhild till äkta och gör hans färd ärofull. Till gengäld efterskänker han då edra utskylder och skatter. Och allt skall då bringas till ett lyckosamt slut."

Burislef samtyckte till Sigvaldes förslag och med sina män återvände han därpå till Jomsborg.

Konung Sven sporde ifrigt efter huru färden aflupit.

"Allt beror nu blott på eder, herre", svarade Sigvalde. "Om I befrien Vendens konung från skatterna, gifver han eder sin dotter Gunhild till maka. Störst blir därvid eder egen heder om I det gören, ty ringa aktas de konungar som äro skattskyldiga under andra. Viljen I icke göra detta, så hafven I att göra ett annat val. Jag lämnar eder då i Burislefs händer."

Sven besinnade sig en stund, men fann det vara bäst, att foga sig efter Sigvaldes önskan.

"Bud sändes till Burislef och då han anlände till Jomsborg, bestämdes det, att Sven skulle få Gunhild mot det att Venden blef fri från skatt till Danmark.

Burislef skulle erhålla Svens syster Tyra till gemål.

Harald Gormsson hade skänkt Tyra stora jordagods i Jutland, dem skulle nu Gunhild få i bröllopsgåfva. Den egendom åter som Burislef skänkt Gunhild i Venden, skulle blifva Tyras.

Sedan allt nu blifvit ordnadt mellan konungarna och Sigvalde, rustades det till bröllop hemma hos kung Burislef, och då allt var redo, seglade Jomsvikingarna med kung Sven ombord till bröllopet.

Och sällan har ett ståtligare bröllop firats.

När gästabudet var slut, seglade konung Sven med sin drottning hem till Danmark.

Han hade ej färre än trettio skepp som voro lastade med gods och dyrbarheter, så stor var den hemgift han fått i Venden.

STRUT-HARALDS GRAFÖL OCH JOMS-VIKINGARNAS LÖFTEN

På bröllopet hade Sven intet sagt, trots det att han väl såg, att Sigvaldes beröm öfver Gunhild icke varit berättigadt.

Sedan Jomsvikingarna vändt åter till sin borg, lefde de där en lång tid, utan att något märkligt timade.

Konung Sven gick emellertid och rufvade öfver, på hvad sätt han skulle kunna hämnas Sigvaldes förräderi.

Då dog Strut-Harald, Sigvaldes och Torkel Höges fader.

Enär Haralds yngste son Hemsving ännu var för ung att rusta till graföl efter jarlen, så ansåg sig konung Sven skyldig därtill, för så vidt ej de båda äldre bröderna hemkommo.

Sedan kung Sven hållit råd med sina män om sättet, hvarpå han bäst på Jomsvikingarna skulle kunna hämnas den lidna skymfen, öfverenskom man om att bud skulle sändas till Sigvalde för att säga bröderna, att de skulle komma hem och samman med Sven rusta till arfölet.

Då vikingarna fingo detta bud, ansåg mången, att Svens vänskap för Sigvalde ej kunde vara stor efter hvad som dem emellan timat, och de tyckte det vara föga rådligt att hörsamma kallelsen. Och skulle man fara till gillet, så borde följet vara stort.

Bröderna läto emellertid hälsa att de skulle komma och att kungen af deras gods skulle taga hvad som behöfdes i och för gillet.

Sven lät nu tillrusta ett präktigt gästabud och bland de drycker Sven låtit tillreda, fanns en som var starkt rusande, och afsedd för Jomsvikingarna.

Till gillet lät han inbjuda en hel skara mäktiga män.

När tiden var inne för gästabudets hållande, seglade Jomsvikingarna till Seland med en flotta om sextio skepp och med utvaldt manskap ombord. Sven inbjöd höfdingarna till den hall, i hvilken han själf hade sin plats. Sigvalde satt närmast högsätet. Under gillets gång fylldes Jomsvikarnas bägare med den starkt rusande drycken som Sven låtit tillreda, och när han märkte, att de började bli rusiga, sade konungen:

"Stor är gästernas mängd här inne och många äro frejdade män. Jag beder eder nu företaga eder något som kunde vara oss alla till gamman."

"Godt är ditt tal, konung", sade Sigvalde, "men oss synes bäst, att I börjen."

Sven svarade: "Ofta hafva män afgifvit löften om något stordåds utförande. Detta skola äfven vi fresta, ty jag tror, att I Jomsvikingar, de största kämpar å världens norra hälft, skola därvid komma fram med månget märkligt löfte. Själf gör jag det löftet, att innan tvenne vintrar gått, hafva fört min här till England och äfven därifrån. Då skall konung Adalrad vara fälld, eller ock jagad från riket."

Sedan vände sig Sven till Sigvalde och bad honom fortsätta.

Sigvalde stod upp, fattade det stora dryckeshornet som man bjöd honom och sade: "Att innan tredje vintern gått ha ödelagt Norge och dräpt jarl Håkan eller jagat honom ur landet, blir mitt löfte. Annars må jag själf falla", tillade Sigvalde. Därpå tömde han hornet.

"Det löftet var godt, Sigvalde", sade konung Sven, "och för mycken fiendskap har du att löna norrmännen."

Därpå uppmanade han Torkel att afgifva ett löfte.

"Jag lofvar", sade Torkel, "att följa min broder Sigvalde. Hvarken på sjön eller på land skall jag fly för jarl Håkan."

"Stolta äro dina ord, Torkel", sade konung Sven, "men icke väntade jag mig andra utaf dig."

Så var det Bue Digres och Sigurd Kåpas tur. Båda lofvade de att följa Sigvalde. Vagn Åkesson lofvade äfven detsamma, men tillade: "Innan tredje julen skall jag ha dräpt Torkel Sera i Viken och sofvit hos hans dotter Ingeborg."

Björn Bretske som äfven var med, lofvade att följa de öfriga på härfärden till Norge.

Den rusande drycken hade allt mer och mer stigit kämparne åt hufvudet, och däraf kommo sig alla dessa, storordiga löften.

Det var nu långt lidet på natten och alla gingo till hvila.

Då Sigvalde sofvit en stund, väcktes han af sin maka; som frågade honom om han mindes hvad han den föregående aftonen afgifvit för löften vid det fyllda dryckeshornet.

Sigvalde förklarade, att han ej kunde erinra sig ha afgifvit något löfte alls.

"Ej torde du komma så lätt ifrån att ha lofvat jaga jarl Håkan från Norge eller ock att dräpa honom", sade Astrid.

Då Sigvalde hörde hvad han lofvat, sade han: "Nu må du bistå mig med råd, ty jag vet icke huru allt detta månde aflöpa."

Astrid sade: "Då I i morgon sitten vid dryckeshornen, kommer konung Sven att spörja om I minnens de löften I gifvit. Då skall du svara honom, 'att drucken man är annan man'. Sedan bör du fråga konungen, om han lämnar dig något bistånd på färden, samt låtsas som om däri all din räddning låge, ty då inbillar han sig ha hämnats den oförrätt du tillfogat honom. Du bör dock icke säga, att du har för afsikt att resa, förrän konungen lofvat dig sitt bistånd."

Dagen därpå, sedan alla samlats i hallen, sporde Sven Jomsvikingarna, om de mindes sina löften. Sigvalde följde det råd Astrid gifvit honom och frågade konungen, huru många skepp han kunde påräkna från honom.

Och kungen lofvade slutligen tjugu fullt rustade.

"Godt är hvad du bjuder, men föga kungligt", sade Sigvalde.

"Hvad begär du då?" frågade Sven förtretad.

"Sextio skepp; alla präktigt utrustade", genmälte Sigvalde.

"Du skall få det du önskar, så snart du vill begifva dig af på färden", sade Sven.

"Nu lofvar du så som man har rätt att vänta af dig", sade Sigvalde. "Men fullgör nu äfven ditt

löfte, ty så fort gillet är öfver, draga vi ut på den
färden."

Då konungen hörde, att Sigvalde verkligen är-
nade fara till Norge, satt han en stund tveksam.
Därefter sade han: "Jag skall hålla hvad jag
lofvat. Dock handlar du raskare, än hvad jag tänkt
mig."

"Större utsikt att segra ha vi, ju förr vi komma på
väg, ty annars spörjes lätt något om våra afsikter i
Norge", sade Sigvalde.

Så vardt det beslutadt, att Jomsvikingarna skulle
draga till Norge.

Tova, Strut-Haralds dotter och Sigurd Kåpas
maka, vände sig till Bue och sade: "Här äro två
män, Håvard som kallas 'den huggande' och
Åslak Holmskalle. Jag skänker dig dem, enär jag
håller utaf dig och de äro präktiga, kampduktiga
män."

Bue gaf Åslak till Vagn, och Jomsvikingarna
stannade på gästabudet den tid de från början be-
stämt. Därefter bröto de upp för att göra sig redo
till tåget mot Norge.

JOMSVIKINGARNA I NORGE

Då Jomsvikingarna voro färdiga, drogo de med
sina skepp, öfver hundra till antalet, mot Norge.
Sent på aftonen kommo de till Viken och styrde
upp till köpstaden Tunsberg. Där landade de vid
midnattstid och öfverföllo med eld och svärd de
intet ondt anande invånarna.

All egendom de hade, bemäktigade sig viking-
arna, och som staden var byggd endast af trä, låg
den snart i aska. Ingen enda människa undkom.

Därpå vände vikingarna åter till skeppen och seglade norrut längs kusten.

Om julnatten nådde de fram till den folkrika trakt som kallas Jädern. Där var en ung man vid namn Germund, jarl Håkans styresman. Han var mycket afhållen af jarlen. Germund liksom alla andra i huset, vaknade vid att huset stod i ljusan låga och att beväpnade män sökte hugga ned alla dem som ville fly.

Germund räddade sig upp på ett loft, men så snart vikingarna märkte hans flykt, satte de efter honom. Germund hoppade då ned på gatan, men blef öfverfallen af Vagn.

Vagn lyckades dock endast afhugga Germunds ena hand, hvarefter denne flydde. Med handen hade följt en stor guldring; den tog Vagn upp och gömde.

Germund som dock ville veta hvad höfdingarna hette som fallit öfver Jädern, gömde sig på ett ställe i skogen, hvarifrån han kunde höra ord och tillrop. Och af dessa förstod han, att det var Jomsvikingarna som kommit till Norge.

Genom ödemarker och på skogsstigar och obanade vägar, lyckades Germund leta sig fram till bebodda trakter. Där sporde han genast ifall någon visste hvar jarl Håkan och hans son Erik voro.

Håkan och Erik gästade en gård som benämndes Skugge. Germund begaf sig dit och trädde in i dryckeshallen och fram till jarlen och hälsade honom; därpå sade han:

"Stora tidender har jag att förtälja, onda äro de och därtill sanna. En stor här af daner har trängt in i landet. Med ofrid och eld far den fram i ditt rike, och säkert stannar den ej förrän den träffat eder."

Då jarlen hörde Germunds ord utbrast han vred: "En nedrig lögn är ditt budskap. För länge sedan skulle Norge legat öde, om man satt lit till alla osanna rykten om krig och ofrid, och ej lär det hjälpa innan någon blir hängd för dessa ryktens utspridande. Det må nu ske."

Erik sökte lugna sin far och sade: "Jag håller före att denne man ingen lögnare är. Det är Germund från Jädern, och mången gång har han mottagit oss vänligare än hvad vi nu mottaga honom."

Då jarlen igenkände Germund talade han vänligare till honom och sporde om han visste hvilka de vore som anförde hären.

"Helt visst heter den ene höfdingen Sigvalde, Vagn Åkesson är ock en af dem. Då jag fick min hand afhuggen och min armring föll af, ropade männen: 'Rikare vardt du nu Vagn Åkesson.' Säkerligen äro härmännen Jomsvikingarna."

"Goda äro icke de tidender du nu bringar oss", sade Håkan jarl, "och goda råd äro nu dyra. Helt visst äro Jomsvikingarna de sista jag vill ha till motståndare."

Håkan bröt genast upp från dryckesbordet och gick till hvila.

Då morgonen kom sände Håkan bud till sin son Sven i Lade. Han bad honom att samla folk från hela Trondhjem och utrusta så många skepp som möjligt. Själf bröt jarlen upp från gästabudet med så mycket folk han kunde samla.

Bud sändes äfven till alla jarlens män att de skulle samlas omkring honom. Till och med de som han tillförene legat i fejd med, lät han nu hälsa och bedja dem komma, ty nu ville han förlikas med dem.

Då han kommit till ett sund benämndt Hammarsundet, mötte han sex skepp. Höfdingen kallades Torkel Midlång. Det var en stor viking som länge föröfvat månget illdåd, och ofta hade Håkan traktat efter hans lif.

Erik ropade honom an: "Vill du Torkel med ditt folk draga till jarl Håkans hjälp. Gärna torde han då förlika sig med dig!"

"Om jag därmed kan förlikas med din fader, lämnar jag honom villigt min hjälp, blott du äfven lofvar att det så blir när vi råkas", svarade Torkel. Erik lofvade detta och Torkel följde nu med honom.

Därefter seglade de till ön Had i Södermöre som jarl Håkan bestämt till mötesplats för sitt folk. Där träffade de tillsammans med Håkan och Sven. De hade trehundra skepp, hvilka de alla lade i en vik kallad Hjörungavåg.

Emellertid hade Jomsvikingarna fortsatt sin färd norrut längs kusten. Öfverallt plundrade de och härjade och brände. Motståndet var ringa, ty så snart det spordes att Jomsvikingarna voro i antågande, flydde folket till ödemarkerna eller ut bland skären, medan alla unga och stridbara män drogo till Håkan jarl. Allt låg öde ända från Jädern till Stad och ännu hade Jomsvikingarna ej sett Håkan.

Då de nådde Häröarna, hvilka icke voro belägna långt från ön Had, for Vagn Åkesson dit för att skaffa sig lifsmedel.

Ingen visste att jarl Håkans flotta låg i Hjörungavåg. Vagn lade till vid ön och steg i land för att göra strandhugg. Strax påträffades en man som dref sex kor och tolf getter framför sig. Vagn tillsade sitt folk att taga djuren.

Bonden frågade männen, hvilka befallde öfver dem. Vagn Åkesson, svarade de.

"Det tycks mig", sade bonden, "som om ni icke långt härifrån kunde finna ett bättre byte. Oöfvervinneliga kunnen I väl vara, men icke skicken I eder på riktigt kämpavis, då I tagen andras kalfvar, getter och nötkreatur och låter björnen som icke långt härifrån sitter fast vara i fred."

"Om hvilken björn talar du", frågade Vagn.

"Om den som säkerligen skall sluka er, om I icke snart fån honom fatt", sade bonden.

Vagn bad bonden säga hvad han menade.

"I går", sade bonden, "låg Håkan jarl med ett enda skepp i Hjörungavåg och lätt vore det för eder att få honom dräpt, ty han väntar ännu på sina män."

"All din boskap och dig själf har du friköpt om du nu talat sanning. Men du må följa oss och visa oss vägen", sade Vagn.

Bonden var tvungen att följa dem till skeppen, hvarefter de genast seglade till Häröarna, där de omtalade för Sigvalde och de öfriga kämparne de märkliga tidender de fått höra.

Nu gjordes alla skepp stridsfärdiga och man rustade sig som till den hårdaste kamp, ty bondens ord syntes dem allt utom tillförlitliga.

Då flottan var färdig lyftes ankar, och för en svag östanvind seglade den ned mot Had.

Främst seglade Bue Digre, därnäst Vagn. Sigvalde kom sist med sitt folk.

Då de nådde Hjörungavåg, misstänkte bonden att skeppen skulle synas vikingarna väl många, hvarför han sprang öfver bord för att undgå vikingarnas hämnd.

Vagn såg det och slungade sitt spjut efter honom. Det träffade och gaf bonden banesåret.

Jomsvikingarna märkte nu att i Hjörungavåg låg skepp vid skepp. Då ordnade äfven de sin flotta i slagordning.

I fylkingens midt lade sig Sigvalde, närmast honom, på slagbordssida, låg Torkel Höge. Bue Digre och Sigurd Kåpa lågo på den andra sidan, medan Björn Bretskes och Vagn Åkessons skepp lågo söder om Sigvaldes.

Jarlen och hans söner gjorde nu äfven sin flotta färdig till strid. Det berättas, att så manstark var Håkan, att fem norrmän stredo mot en dansk.

Ombord på jarl Håkans skepp funnos fyra isländingar, den ena af dem var Sköldmö-Einar, Håkans skald.

Fordom hade han stått i stor gunst hos jarlen, numera gjorde han det ej. Och Sköldmö-Einar hade redan talat om att han skulle öfvergå till Sigvalde.

Han sprang upp på bryggan och låtsade som om han ville fortsätta.

Uppe på bryggan kvad han:

"Finnom jarl som gärna
gifver ulfvar föda;
Sköldens sken
från Sigvalds skepp
Låt mäktigt flamma!
Skall den skatteödarn
Skald ej från sig kasta
När jag fursten finner
Fort till skeppen hastom."

När Håkan varsnade att skalden ville lämna honom, kallade han honom tillbaka och skänkte honom tvenne viktskålar af silfver. Till skålarna hörde äfven tvenne vikter. Den ena var af guld, den andra af silfver, på båda fanns en mansbild utskuren.

Dylika vikter kallades lotter, och i dem ansågs en hemlig kraft innebo. Därför brukade ock jarlen vid alla viktiga tillfällen rådfråga dessa bilder.

Efter sedan skalden fått dessa klenoder kallades han Einar Skålglam.

De andra isländingarna voro Vigfus Viga-Glumsson, Tord Vänsterhand och Torlef Skumma.

Om Torlef berättas det, att han gick till skogs och högg sig en väldig klubba. Då han vandrade ned till skeppen mötte han Erik, jarlens son; denne sporde hvad Torlef skulle göra med den digra knölpåken.

Torlef svarade:

"I handen jag har
för hufvu'n gjord
store Benbrytarn
Sigvaldes ofärd
Vikingars ve
Värnet för Håkan."

Solen hade ännu icke gått upp öfver
Hjörungavåg, då de båda flottorna började stri-
den.
Till en början slungades stenar, men sedan käm-
pades med spjut och pilar.
Jarl Håkan och Sven drabbade samman med Sig-
valde, och ingenderas skepp gaf vika.
Erik Håkansson och Vagn stredo mot hvarann,
och voro jämnstarka.
Men det berättas att Bue och Sigurd stormade
fram så vildt, att de snart genombröto jarl Håkans
flottkedja.
När detta skett ljödo stridslurarna och gnyet blef
väldigt. Erik och Sven skyndade till hjälp och
styrde upp mot Bues skepp.
Där blef striden hård och skarp, och det sägs i sa-
gan "för modlös man var det ledt att vara där
inombords på skeppen".
Under den tid Erik sökt hjälpa sin far, hade Vagn
brutit igenom Eriks skeppskedja och jubelropen
från hans folk skallade. Då Erik hörde dessa, för-
stod han att det gått hans folk illa. Han styrde sitt
skepp, Järnbarden, dit och så började striden på
nytt mellan honom och Vagn.
Med ett språng stodo Vagn och Åslak Holmskalle
på Järnbardens däck, följande skeppets sidor
höggo de så ned hvarenda man som kom i deras
väg.
Åslak hade ingen hjälm på hufvudet, och hans
hjässa var hård och skallig och intet tycktes bita
på den. Då tog Vigfus Viga-Glumsson upp ett
stort städ som stod å däcket och slungade det mot

74

Åslaks skalle, så att städets spets genomborrade den och Åslak föll död ned.

Torlef Skumma och Vagn möttes. Vagn erhöll af Torlefs ekklubba ett slag i hufvudet, så att hjälmen remnade och han själf vacklade, men i detsamma rände Vagn sitt svärd i Torlef, tog så ett språng och genast stod han åter kämpande på eget skepp.

Under tiden hade Håkan lagt i land och det vardt hvila i kampen. Då jarlen träffade samman med sina söner, sade han: "Alltid har jag tänkt mig en kamp med dessa män mödosam. Det torde nog icke gå oss väl, om vi ej fatta ett godt beslut. Nu stiger jag i land, men I mån under tiden vakta skeppen mot anfall."

Jarlen steg därefter i land på ön Primsigna och gick upp i skogen. Här föll han på knä och anropade på det enträgnaste sin skyddsgudinna, Torgerd Hördabrud, om hjälp.

Slutligen, sedan han förgäfves bjudit henne rika offer, lofvade han henne sin yngste son Erling, blott han ginge med seger ur denna strid.

Det offret syntes gudinnan godt.

Därpå eftersändes gossen och sedan han öfverlämnat honom åt trälen Skafte, återvände jarlen till sina skepp. Nu uppmanade han sina män att på nytt börja striden, "ty nu har jag anropat Torgerd Hördabrud om seger, och jag är viss om hjälp".

Ånyo började kampen och blef lika vild som förut. Då täcktes plötsligt himlen af mörka moln, och ett starkt hagelregn begynte falla. Åska och blixtar gjorde vädret ännu hårdare och för

Jomsvikingarna som hade vinden emot sig, blef kampen allt hårdare och hårdare. De stenar och vapen de kastade drefvos tillbaka af vinden, under det att de själfva träffades hårdt af fiendens. Håvard Huggande, å Bues skepp, var den förste som varseblef Torgerd Hördabrud ombord på Håkans skepp. Då vädret något saktat utaf, kunde mången se hur från hvarje finger på trollet en pil flög ut, och hvarje pil blef en mans bane.

Så snart hagelbyn tycktes vilja aftaga anropade Håkan ånyo Torgerd, och påminde henne om de stora offer han bragt henne. Och då vidtog ovädret på nytt.

Nu såg Håvard huru tvenne kvinnor stodo på Håkans skepp och från deras händer flögo dödande pilar ut.

Då Sigvalde sporde, att det var trolldom med i striden, ropade han: "Ej tyckes mig att vi i dag enbart slåss mot människor, dock hoppas jag att hvarje man gör sitt yttersta i striden."

Men då de leda trollen fortsatte striden från Haralds skepp, ropade Sigvalde: "Fly må vi göra och följen mig alle män. Icke gjorde ni löfte att slåss mot troll och hvad värre är, vi ha två trollkvinnor emot oss!"

Han gjorde loss sina skepp och ropade till Bue Digre och Vagn att de skulle följa honom. Men Vagn ropade hånfullt: "Ensam som den uslaste niding, må du draga dina färde."

Torkel Midlång hade emellertid rusat upp på Bues skepp och huggit till Bue, så att underläppen och hakan skiljts från ansiktet.

Bue sade: "Värre skall det nu tyckas den danska mön vara, att kyssa oss."

Slutligen fick dock Torkel banehugget af Bue Digre.

Därpå sprang han själf och alla hans män öfverbord.

Sigvalde hade under tiden dragit sig ur striden. Han satt själf vid årorna och lät en annan sköta styret, ty han hade under ovädret blifvit kall och ville söka ro sig varm.

Då Vagn såg honom draga bort kvad han:

> *"Sigvalde har under huggen*
> *hållit i dag oss alle,*
> *nu med fart den fege*
> *flyktar hem till Danmark.*
> *Fort till fagra husfruns*
> *famn han längtar.*
> *Ned i sjön från skeppsbord*
> *sjönk den tappre Bue."*

Hvarpå Vagn vred slungade sitt spjut mot rorsmannen. Spjutet träffade dock ej den som det var ämnadt.

Torkel Höge och Sigurd Kåpa lämnade ock striden. Båda ansågo de sig ha uppfyllt de löften de gifvit vid Strut-Haralds arföl. Och med sina tjugofyra skepp vände de hem till Danmark.

Vagn och hans kämpar fortsatte dock striden till det yttersta.

Fiendeskeppen voro nu så talrika, att det ej fanns någon utsikt att kunna hålla stånd. Slutligen återstodo af Vagns kämpar endast åttio stycken, dock värjde de sig alla med hjältemod.

Då föll natten på och det blef så mörkt, att man ej längre kunde se att strida.

Håkan med sina män tältade uppe på land, och jarlen själf, jämte hans frände Gudbrand den hvite af Dalarna, höllo vakt om natten. Då Gudbrand och Håkan sutto samman hörde jarlens män huru en pil kom susande från ett af de skepp Bue ägt. Pilen träffade Gudbrand Hvite som föll ned död.

Erik gick under natten ut ur sitt tält. Han såg då en man stå vid dörren och sade: "Hvem är du, och hvi är du så blek som en död man?"

Torlef Skumma svarade: "Säkert rörde mig Vagn med sitt svärd i går, då jag gaf honom klubbslaget."

"Ute på Island har din fader varit en dålig skyddsande för dig och synd är att så modig man skall dö", sade Erik.

Knappt hade han talat slut, förrän Torlef segnade till marken.

Under natten höllo emellertid Vagn och Björn Bretske råd om huru de klokast skulle handla.

Vagn ville de skulle kvarstanna på skeppet, tills det dagades och sedan värja sig så länge de förmådde, eller ock skulle de gå i land och tillfoga Håkan all den skada de kunde.

Slutligen rodde alla i land. I nattens mörker hade de, i stället för att landa på kusten, stigit upp på ett litet skär.

Tio af männen hade under natten dött af sina sår.

Och då morgonen grydde, kunde de kvarlefvande ej göra något för att öfverfalla Håkan.

Så snart jarlen och hans män blefvo varse Jomsvikingarna, befallde han sitt folk att fara öfver till skäret för att hämta dem.

Själf ville han dock råda öfver deras lif.

Män rodde ut till skäret, och så medtagna af köld och mattighet voro kämparne, att ingen sökte värja sig. Och utan motstånd läto de föra sig ombord på skeppen.

Då de kommit i land blefvo de bundna samman vid ett rep och fingo händerna bakbundna.

Jarlen och hans följe gingo bort för att äta och några trälar sattes till att vakta fångarna.

Jomsvikingarnas skepp blefvo ett rikt byte för jarlen och hans kämpar och många voro de som funno att Håkan vunnit en stor seger.

Efter sedan måltiden afslutats gingo jarlen, hans båda söner och ännu många flera förnämliga män bort till den plats där Vagn och hans kämpar höllos fångna.

Torkel Lera hade blifvit utsedd att gifva vikingarna banehugget.

Några af de svårast sårade löstes från repet, håret snoddes upp kring en käpp, på det ej hugget skulle hejdas, och på så sätt hade redan trenne kämpar fått dödshugget.

Då den fjärde kämpen framfördes sporde Torkel honom hvad han tyckte om döden.

"Den synes mig god", svarade mannen, "det går med mig, såsom det gått min fader, äfven jag skall dö."

Jarlen bad nu Torkel spörja alla de återstående kämparne om huru döden syntes dem.

79

Torkel gjorde så. Och hvarje viking gaf stolta och modiga svar.

Erik som var med sin fader, fann att mången svarade så manhaftigt att han gaf dem fria och upptog dem bland sina egna kämpar.

Så framfördes en ung och fager kämpe, med långa ljusa lockar.

Och då Torkel till honom riktade den sedvanliga frågan om huru han fann döden, svarade ynglingen:

"Den bästa tid har jag lefvat och icke aktar jag lifvet stort, då sådana kämpar gått före mig. Dock ber jag dig göra mig den tjänsten att icke låta föra mig till döden af trälar, utan af en man af lika frejdad ätt som jag. Må han ock se till att ej mitt hår varder blodigt vid hugget, jag har länge själf aktat det väl. Hugg äfven raskt af mig hufvudet om du det förmår", tillade han.

Man gjorde som den unge kämpen önskade.

Men då Torkel svingade sitt svärd och ynglingen hörde hugget hvina, kastade han sig åt sidan och drog mannen som höll fast håret med sig, så att hugget i stället träffade honom och afskar båda armarna.

Den unge kämpen sprang upp sägande: "Länge hållen I på då I huggen."

"Gripen genast mannen", befallde jarl Håkan, "skada har han vållat oss nog och må alla som ännu äro i lifvet genast dödas, ty svåra och hårdsinta att handskas med äro de sannerligen."

Då Erik hörde sin faders ord sade han: "Först vill jag veta hvilka männen äro innan de dräpas."

Därefter vände han sig till ynglingen och sporde honom om hans namn och ätt.

"Sven är mitt namn och Bue Digre min fader", blef svaret.

Erik frågade då om han ville hafva nåd, samt huru gammal han var.

"Aderton år ifall jag öfverlefver detta", sade Sven.

"Det skall du helt visst om jag får råda", genmälte Erik. Sven blef därpå upptagen bland Eriks egna män.

Nu var turen kommen till Vagn som löstes från repet.

"Hvad tycker du om döden?" frågade honom Torkel Lera.

"Godt", svarade Vagn, "blott jag fullgjort mitt löfte."

Erik sporde om hans namn och om hvilket löfte han afgifvit.

"Vagn är mitt namn", svarade vikingen, "och jag lofvade, att om jag kom till Norge, skulle jag dräpa Torkel Lera och sofva hos hans dotter Ingeborg. Sorgligt synes det mig att jag skall dö utan att ha uppfyllt mitt löfte."

Då Torkel hörde Vagns svar, rusade han ursinnig fram för att gifva honom banehugget.

Vagn vek undan, men snafvade emedan marken var våt och slipprig af det myckna blodet. Hugget träffade repet i stället, och Vagn vardt fri.

Torkel snafvade och svärdet föll ur hans hand.

Vagn var ej sen att resa sig upp, och med Torkels eget svärd gaf han honom banehugget.

"Nu är mitt ena löfte uppfylldt", ropade Vagn, "och lättare synes mig nu genast döden."

"Tagen mannen och dräpen honom, olycka nog har han vållat oss", sade Håkan vred.

Men Erik sade: "Icke skall så härlig höfding dräpas inför mina ögon. Näppeligen torde hans like finnas och Torkel kunde ej ha väntat annat än hvad som här skett honom."

Erik upptog Vagn i sitt följe.

Vagn sade då: "Icke vill jag lefva, om du icke gifver alla som ännu äro i lifvet nåd."

"Först må jag tala med dem", svarade Erik, "dock afslår jag ej din begäran."

Han vände sig därpå till Björn Bretske och sporde honom om han ville lefva.

"Om min fosterson får behålla lifvet, vill jag ock lefva", genmälte Björn.

"Det får han", sade Erik.

Därpå gick han bort till Håkan och sade att han ville, att alla de Jomsvikingar som ännu vore i lifvet, skulle få behålla det.

Håkan biföll sonens begäran. Fred slöts och Vagn drog med Erik till Viken. Samma kväll de landade, sof han hos Ingeborg, Torkel Leras fagra dotter.

Vagn stannade hela vintern öfver i Viken, men då våren kom, gjorde han sina skepp segelklara och gick till hafs.

Ingeborg följde honom.

Vagn seglade öfver till Fyn och härskade sedan där allt intill sin död. Han var högsinnad och frejdad såsom ingen annan i Danmarks rike och hans like har ej någonsin sedan funnits.

Sigvalde hade efter sin flykt seglat till Danmark, och då Astrid sporde, att han var kommen hem, tillredde hon ett stort gästabud, där hvar och en förtalte om striderna vid Hjärungavåg.

Sigvalde blef en stor och mäktig höfding och därtill en mäkta klok man.

Med Astrid hade han sonen Gyrd som vardt en mäktig kämpe.

Björn Bretske for hem till Bretland och förblef där, aktad och ärad af alla, allt intill sin död.

Sigurd Kåpa for äfven hem till Danmark. Bornholm tillföll honom efter faderns död, och länge härskade han där.

Om Håkan jarl förtäljes att han efter segern öfver Jomsvikingarna vardt en hård, öfvermodig och sniken man. Han förtryckte såväl de mäktiga som de ringa.

Men blott en vinter efter slaget vid Hjärungavåg satt
han som herre öfver Norge.

Trälen Kark, förbittrad öfver hans hårdhet, skar halsen af honom.

Einar Skåleglam drog till Island, men drunknade på färden dit i Borgarfjärden.

Hans viktskålar fördes af vågorna till några öar som därefter kallades Skålöarna.

Tord Vensterhand fann skålarna och förde dem med sig till Island.

Vigfus Viga-Glumsson for äfven till Island och han var den som förtalde om Jomsvikingarnas härfärder och om slaget vid Hjärungavåg.

GUNLÖG ORMTUNGAS SAGA

THORSTEN EGILSSONS DRÖM

På gården Borg i Borgfjorden bodde den mäktige
Egil Skallagrimssons son Thorsten Egilsson. Han
var en stor höfding, klok och vänsäll, älskad och
ärad af alla. Han var gift med Gunnar Hilfsens
dotter Jofrid, änka efter Tung Odds son Thorodd
och utom Thorstens och hennes barn uppväxte
Jofrids dotter Hungerd på Borg. En sommar lan-
dade icke långt från Borg ett skepp anfördt af en
viking vid namn Bard. Thorsten red som sed var,
främlingarna till mötes, önskade dem välkomna
och Bard kom att stanna vintern öfver på Borg.
Bard var en klok, förståndig och tystlåten man,
särdeles kunnig i att tyda drömmar.

En dag på senvintern red Thorsten och Bard till-
sammans med sina män till Valfjället för att
iståndsätta Thorstens tingsbod. Fram på dagen
tilltog värmen och Thorsten lade sig trött af det
hårda arbetet ner för att hvila. Efter en stund som-
nade han, men Bard som satt bredvid märkte att
Thorstens sömn var mycket orolig. Då Thorsten
vaknade sporde han honom hvad han drömt men
Thorsten svarade icke och alla redo en stund där-
efter tillbaka till Borg. På aftonen frågade Bard
på nytt hvad Thorsten drömt. Thorsten ville först
icke tala om det men slutligen sade han: "Jag
skall omtala min dröm endast på det villkoret att
du tyder den." Bard lofvade göra det om han
kunde.

Thorsten berättade nu huru han i drömmen tyckt
sig se en fager svan sitta på takåsen, från fjällen

kom en stor örn flygande och satte sig bredvid svanen och började locka på den. En kort stund därefter kom en annan örn flygande och satte sig på takåsen och började också att locka på svanen. Då reste sig den första och de båda fåglarna kommo i häftig strid med hvarandra. Båda föllo och svanen satt ensam och sörjande kvar. Då kom en falk flygande och satte sig bredvid svanen. Och båda två syntes blifva goda vänner. Slutligen flögo de bort samma väg som falken kommit. "Drömmen har säkerligen intet att betyda", tilllade Thorsten, "eller ock endast att vindarna komma att mötas på de olika håll därifrån fåglarna komma."

Då Bard hört Thorstens dröm och dennes sätt att tyda den sade han: "Vida större vikt tillägger jag din dröm, än hvad du tyckes göra. Din husfru kommer att inom kort föda ett fagert flickebarn som I båda blifven mycket tillgifna. Mäktiga män komma att fria till henne, stor blir deras kärlek, och de båda örnarnas fall visar, att två af dem sätta lifvet till. Falken är den mans fylgia som din dotter blifver gift med."

Thorsten var föga nöjd med det sätt hvarpå Bard tydt drömmen och han sade förtretad: "Ovänlig är din tydning och föga tycks du kunna tyda drömmar."

"Tiden får väl visa dig, om jag haft rätt", genmälde Bard. Men från den dagen höll icke Thorsten längre utaf vikingen och på sommaren lämnade denne Island. Kort tid därefter skulle Thorsten rida till tinget, han talade med Jofrid, som inom kort skulle få ett barn, och sade till henne: "I allt må du rätta dig efter min vilja och blifver barnet en flicka, skall du sätta ut det." Då Jofrid hörde sin mans önskan, sade hon: "Föga anstår det en man med din rikedom att sätta ut ett barn, och för dig själf kan du aldrig stå till svars med den handlingen."

"Du känner min vilja", svarade Thorsten, "och vet att intet godt kommer utaf att motsätta sig den." Därpå red ban till tinget.

En tid efteråt födde Jofrid ett flickebarn. Behålla det hos sig vågade hon icke, men sätta ut det syntes henne så förfärligt, att hon beslöt sända barnet till sin släkting, Thorgerd Egilsdotter på Hjardarholt. Hon kallade därför till sig fåraherden Thorvard, anförtrodde barnet åt honom och bad honom rida till Hjardarholt med det. Thorvard gjorde som Jofrid bjöd.

Men då Thorsten kom hem, sade Jofrid, att då barnet blifvit en flicka, hade hon gjort så som Thorsten befallt.

THORSTEN UPPTÄCKER HELGA DEN FAGRA

Sex år förflöto. Då inbjöds en dag Thorsten till ett gästabud på Hjardarholt.

En af gillesdagarna satt Thorgerd i högsätet och talade med sin broder. Framför dem på en bänk sutto tre små flickor, och Thorgerd sporde Thorsten hvad han tyckte om barnen.

"Två af dem äro vackra", svarade Thorsten, "men den tredje är långt fagrare än de. Det synes att hon liknar sin faders för sin skönhet berömda ätt. Dock liknar hon äfven vår släkt."

"Det du sist sade är rätt, broder", svarade Thorgerd, "men icke liknar hon Olafs släkt, ty han är icke hennes fader."

"Hur skall jag tyda ditt tal", sporde Thorsten förundrad, "hon är ju likväl din dotter."

Nu omtalade Thorgerd att barnet var Jofrids och hon bad sin broder icke vredgas på sin maka och syster utan förlåta dem att de icke gjort så som han önskade.

"Ej vredgas jag på eder", svarade Thorsten, "och väl ger jag, att ödet vill råda. På ett klokt sätt han I afvärjt en dålig gärning och så mycket behagar mig detta väna barn, att jag anser det som en stor lycka att äga det."

Thorsten sporde sedan efter barnets namn. Då Thorgerd omtalat att flickans namn var Helga, sade Thorsten: "Helga den fagra må hädanefter vara hennes namn." Då Thorsten lämnade Hjardarholt följde Helga med honom och hon uppfostrades med stor omvårdnad och kärlek på sin fädernegård samt blef mycket afhållen af alla.

ILLUGE DEN SVARTE OCH GUNLÖG ORMTUNGA

På gården Gilsbakke i Borgfjorden bodde Illuge den svarte, näst efter Thorsten den störste höfding i Borgfjorden. Det var en mäktig men hårdsinnad man. Med sin maka Ingeborg hade han många barn. Af dessa voro Gunlög och Hermund de mest lofvande. Gunlög i synnerhet utvecklade sig tidigt och blef en vacker yngling, klok och kunnig, men häftig till lynnet.

Han blef en stor skald, men så bitande voro hans kväden, att han kallades Gunlög Ormtunga. Då han var femton år, bad han sin fader om tillstånd att få begifva sig till främmande länder, för att där lära sig andra seder och bruk, men Illuge ville icke ännu gifva Gunlög lof att resa, då han fann, att sonen väl behöfde vara hemma för att först lära att skicka sig väl innan han for till främmande länder. Någon tid efter det att Illuge nekat sonen att resa, blef han mäkta förvånad, då han tidigt en morgon såg dörren till förrådsboden öppen samt säckar och seltyg utburna. Då han varsnade Gunlög komma ledande fyra hästar, frågade han, hvad sonen skulle göra med dem och de öfriga sakerna.

"Jag rustar mig till min resa", svarade Gunlög.

Då Illuge hörde sonens svar, blef han mäkta vred och kastade in säckarna och seltygen i boden och sade: "Icke skall du göra något mot min vilja och förr än jag gifvit dig min tillåtelse blir ingen resa för dig."

Gunlög lämnade Gilsbakke och red till Borg, där han omtalade oenigheten med sin fader samt bad att få stanna.

Thorsten bjöd honom vara välkommen och stanna på Borg så länge han hade lust.

Gunlög trifdes godt på Borg och blef mycket afhållen af alla och Helga och han fattade snart tycke för hvarandra.

Helga hade vuxit och blifvit så fager att mången ansåg henne för den vänaste kvinna på Island. Hennes hår var glänsande som guld och så stort att hon kunde svepa in sig helt och hållet i det. Bättre giftermål än Helga den fagra kunde ingen tänka sig i hela Borgfjorden.

En dag, då Thorsten satt och undervisade Gunlög
i lagkunskapen, sade Gunlög: "Ett är som jag
ännu icke fått lära och det är hur man enligt lagen
fäster en kvinna." Thorsten omtalade nu huru
man därvid skulle göra, och då han slutat sade
Gunlög: "Låt oss nu se om jag förstått hvad du
omtalat. Jag tager din hand och låtsas som om jag
trolofvar mig med din dotter Helga."
"Detta kan ju icke vara till något gagn", gen-
mälde Thorsten, "så bäst vore att icke göra det."
Gunlög bad Thorsten att göra honom till viljes
samt fattade hans hand.
Thorsten gaf slutligen med sig men sade: "Alla
de som äro samlade här må veta att intet allvarligt
menas med detta."
Gunlög utsåg nu sina vittnen och trolofvade sig
med Helga, alldeles så som lagen föreskref.
Hvarpå han sporde Thorsten om han gjordt rätt.
Thorsten medgaf detta och alla som voro närva-
rande funno stort nöje i Gunlögs lek.
Under tre års tid uppehöll sig Gunlög omväx-
lande på Borg omväxlande på Gilsbakke hos
fadern.
Då Gunlög var aderton år och hans svåra och ore-
gerliga lynne något började lägga sig, sporde han
på nytt fadern om lof att draga ut i världen. Illuge
hade nu intet däremot och lofvade att ordna om
allt till Gunlögs färd. Han red därpå till en man
vid namn Önund Festargarm, hvilken hade sitt
skepp liggande vid mynningen af Guså, och
köpte åt sonen halfparten af skeppet. Gunlög up-
pehöll sig under tiden på Borg där hans största
nöje var att samtala med Helga.

En dag, då Gunlög tillsammans med Thorsten ridit upp till dennes säter för att efterse hästarne, ville Thorsten skänka Gunlög ett särdeles vackert rödbrunt sto som vängåfva. Gunlög sade sig dock icke behöfva någon häst, då han stod i begrepp att företaga en lång resa och Thorsten och Gunlög fortsatte därefter ridten. Då varsnade Thorsten en vacker appelkastad häst, hvilken ansågs vara den bästa i hela Borgfjorden. Äfven den ville Thorsten skänka Gunlög, men Gunlög afböjde gåfvan. "Men", sade han, "hvarför bjuder du mig icke det som jag mest af allt längtar efter."
"Hvad är det", sporde Thorsten.
"Din dotter Helga den fagra", genmälde Gunlög.
"Icke kan jag nu lämna svar på din begäran", svarade Thorsten och försökte vända samtalet från Helga.
På hemvägen sade Gunlög. "Ett svar på mitt frieri önskar jag dock, ty det var allvarligt menadt."
"Icke kan jag fästa mig därvid", svarade Thorsten, "då det blott synes mig vara prat. Nyss var du beslutad att draga bort, nu friar du till en kvinna och icke passar du för Helga, då du så litet vet hvad du vill."
"Till hvem vill du då gifva din dotter", sporde Gunlög, "då Illuges son ej är god nog."
"Jag jämför dig ej med någon", svarade Thorsten. "Men ett vill jag säga: vore du en sådan man som din fader blef du ej nu tillbakavisad."
Gunlög stannade natten öfver på Borg men på morgonen red han till sin fader och bad denne följa honom till Borg och framföra frieriet.

När Illuge hörde Gunlögs önskan, sade han: "Vankelmodig tycks du vara. Nyss var du bestämd att draga bort och nu är du ute och giljar, säkert tycker Thorsten föga därom."
Illuge följde slutligen med sonen till Borg samt blef väl mottagen af Thorsten. Han sade genast sitt ärende. "Vår släkt och våra ägodelar känner du väl", slutade Illuge, "och intet skall jag spara för att min son måtte blifva värdig din dotter."
"Intet skulle jag hafva emot din son", genmälde Thorsten, "om han icke vore så ostadig. Vore han så som du skulle jag genast svara ja."
"Blir ditt svar icke annorlunda kommer endast ofärd däraf", genmälde Illuge.
"Ej skall ofrid råda mellan oss", svarade Thorsten, "och din son skall få löfte om min dotter. Hon skall icke vara hans fästmö, men i tre år skall hon vänta på honom. Gunlög må resa och är han icke kommen tillbaka på den tiden är jag löst från mitt löfte."
Sedan detta beslutats skildes Illuge och Thorsten. Illuge red hem, medan Gunlög red till skeppet. Så snart det blef vind hissades seglen och färden styrdes till Norge. Ombord på skeppet voro förutom Önund Festargarm och Gunlög Ormtunga, Torkel Svarte, en nära frände till Thorsten Egilsson. Färden var lycklig och snart låg skeppet förtöjt vid Nidaros brygga, där varorna började lossas.

GUNLÖG I NORGE OCH ENGLAND

Erik jarl Håkansson och hans broder Sven regerade på den tiden i Norge. Erik jarl bodde på fädernegården Lade och gästades för tillfället af en son till Thorsten Egilsson Skule. Önund Festargarm och Gunlög gingo upp till gården för att hälsa Erik Jarl. Gunlög hade en svår böld på vristen, från hvilken blod och var rann, då han gick. När de kommo in i salen, hälsades de vänligt af jarlen som sporde Önund, hvilken förr gästat hans gård, om tidender från Island. Önund omtalade, hvad han hade att förtälja, hvarefter Erik frågade, hvem hans följeslagare var. Önund sade Gunlögs namn, och då jarlen hörde det, vände han sig till Skule och frågade, om mannen åtnjöt stort anseende på Island. "Herre", svarade Skule, "tag väl emot honom, ty han är son till den mäktige Illuge den svarte och min fosterbroder."

Då jarlen hade betraktat Gunlög, märkte han, att denne skadat sin fot, och han sporde, hvad det var.

"En böld", svarade Gunlög.

"Och dock haltar du icke", sade jarlen.

"Skulle jag halta", svarade Gunlög, "så länge mina båda ben äro lika långa."

"Den isländingen talar stora ord", sade en af jarlens hirdmän förbittrad, "vi borde se, om han handlar lika stort."

Gunlög kvad:

> *"Där sitter i hirden*
> *man full af svek,*
> *Den svarte är stygg,*
> *skydden er för hans lek."*

Då hirdmännen hörde Gunlögs ord, ville de rusa upp och strida med honom, men jarlen bjöd männen vara stilla.

"Hur gammal är du?" sporde jarlen.

"Aderton år", svarade Gunlög.

"Då hoppas jag, att du icke blifver aderton år till", genmälte jarlen.

Gunlög mumlade: "Önska icke mig ondt utan tänk hellre på er själf."

"Hvad pratar du där?" frågade jarlen.

"Att du, innan du önskar mig ondt, önskade dig själf godt."

"Hvarför det?" sporde jarlen.

"På det att du icke måtte få samma död som din fader Håkan jarl"[1], genmälde Gunlög.

Erik jarl hade knappt hört Gunlögs ord, förrän han blef blodröd i ansiktet och ropade vredgad: "Gripen den fräcke mannen, ej må han ostraffad tala till mig så."

Skule försökte stifta fred och lyckades slutligen förmå Erik till att låta Gunlög gå. "Men", sade han, "om lifvet är honom kärt, må han icke stanna länge i mitt rike."

Skule följde Gunlög ut, och båda gingo ner till bryggan. Där låg en seglare färdig att gå till England. Sedan Gunlög tillförsäkrat sig och Torkel Svarte plats på skeppet, tog han farväl af Skule, hvarpå Torkel och Gunlög gingo ombord. En kort stund därefter lade skeppet ut. Mot hösten landade de vid bryggorna i London.

I England regerade kung Ethelred som just nu uppehöll sig i London. Gunlög gick strax upp till konungen, där han blef väl mottagen. Ethelred

---

[1] Se vidare slutet av Jomsvikingasagan. Håkan blef dräpt av sin träl och detta ansågs nesligt.

sporde om Gunlögs ärende, och från hvilket land han var.

"Jag har kommit till eder, herre", sade Gunlög, "för att uppläsa det kväde jag skrifvit om eder." Gunlögs ärende tillfredsställde konungen, och sedan Gunlög uppläst kvädet, skänkte Ethelred honom en kostbar kappa af skarlakan samt upptog honom bland sina hirdmän. Gunlög stannade vid Ethelreds hof och blef afhållen och ansedd af alla. En morgon, då han var ute på vandring i staden, mötte han tre män. En utaf dem var en illa beryktad viking, vid namn Thororm. Han var stor och stark samt med ett afskräckande yttre. Thororm hejdade Gunlög och begärde att få låna penningar utaf honom. Gunlög nekade först, men då Thororm lofvade att på bestämd tid återbetala hvad han lånat, gick Gunlög in på hans önskan. När Gunlög kom tillbaka till borgen, omtalade han för konungen morgonens händelse. Då Ethelred hörde, att Gunlög mött Thororm, sade han: "Illa har du nu ställt det för dig, ty Thororm är en svår man, och intet godt kommer från honom." Konungen lofvade att ersätta Gunlög penningarna, då han icke ville, att denne skulle ha något mer att göra med Thororm.

"Dåligt stode det till med dina hirdmän", svarade Gunlög, "om de icke bättre visste att taga vara på, hvad som dem tillhör, och penningarna skall Thororm lämna mig på bestämd tid."

Någon tid därefter träffade Gunlög vikingen och kräfde igen sina penningar. Thororm svarade, att han icke hade för afsikt att betala. "Illa handlar

du, när du icke betalar igen hvad du lånat", gen-
mälde Gunlög, "och föga lär jag nöja mig med
detta. Betala penningarna godvilligt, eller ock
skola vi mötas i tvekamp efter tre dagars tid." Då
Thororm hörde Gunlögs utmaning, skrattade han
och sade: "Aldrig har någon före dig utmanat mig
till tvekamp hur stor skada jag än tillfogat ho-
nom, dock antager jag din utmaning." Därmed
skildes männen. Gunlög omtalade för Ethelred att
han utmanat Thororm och att striden skulle stå
om tre dagar.

"Följ då mitt råd i striden", sade konungen. "Det
svärd, jag gifver dig, skall du kämpa med, men
du må akta dig väl för att visa det för din mot-
ståndare. Han bör endast se det, du alltid brukar."
Efter tre dagar möttes Gunlög och Thororm. Gun-
lög följde konungens råd, och då Thororm bad att
få se det svärd, Gunlög skulle kämpa med, visade
han det som han alltid bar. Konungens svärd
hängde på armen bakom skölden. Då Thororm
fick se svärdet, sade han: "Föga rädd är jag för
ditt vapen" samt riktade ett slag mot Gunlögs
sköld, hvilket nästan klöf den. Gunlög höjde nu
konungens svärd, och Thororm som icke anade
något ondt, föll dödligt sårad till marken.

Vintern var nu slut, och då våren kom, och vatt-
nen åter blefvo fria, bad Gunlög konungen om lof
att lämna England. Ethelred sporde, hvart han
ämnade sig, och Gunlög svarade, att han hade för
afsikt att fullfölja det löfte han gifvit att gästa tre
konungar och två jarlar. Konungen gaf honom sitt
samtycke, men bad honom vara välkommen till-
baka till vintern, då han satte stort värde på hans

skaldekonst. Tillsammans med några köpmän seglade Gunlög till Dublin, där konung Sigtryg Silkesskägg bodde. Gunlög gick upp till kungsgården. Han blef väl mottagen af konungen samt bad om tillåtelse att uppläsa ett kväde som han skrifvit.

Konungen samtyckte, hvarpå Gunlög uppläste en dikt, hvars omkväde var:

> *"Konung Sigtryg för krig,*
> *mättar ulfvar med lik"*

Sigtryg tackade för kvädet och gaf Gunlög i diktarlön dyrbara guldsömmade kläder och en tjock guldring.

Gunlög stannade icke länge på Irland, han seglade till jarl Sigurd Lödverson på Orkneyöarna, där han också uppläste ett kväde. Därefter styrde han färden till Sverige och landade mot hösten vid Kungahälla, hvarifrån han begaf sig till köpstaden Skara.

GUNLÖG I SVERIGE

I Skara bodde den gamle Sigurd jarl. Sedan Gunlög framsagt ett kväde till hans ära, bjöd jarlen honom att stanna kvar hos honom. Gunlög mottog anbudet. Vid jultiden hölls ett stort gästabud, till hvilket många gäster hade infunnit sig. Erik jarl i Norge hade skickat sändebud med gåfvor till Sigurd jarl. Sändebuden fingo sina platser vid Gunlögs bord, och snart gick det muntert till, medan bägarna tömdes. Göter och norrmän prisade sin härskare, och det uppstod en tvist om, hvem

som var störst. Gunlög utsågs slutligen till att
slita tvisten. Då kvad han:

> *" Rätt det är, I raske män,*
> *att I rosen jarlen.*
> *Hafvets höga vågor*
> *ofta har han plöjt,*
> *Fastän nu af ålder böjd han är.*
> *Dock Erik oftare ändå*
> *böljans rygg har klufvit*
> *under stormig färd. "*

Båda parterna voro tilllfredsställda med Gunlögs
dom. Och gästabudet fortsattes under lek och
gamman.

Efter jul vände de norska sändebuden tillbaka till
Norge, och då de omtalade för jarlen Gunlögs
dom, fann han, att denne ådagalagt så mycken
vänskap; att han lofvade Gunlög få komma till-
baka till Norge.

Gunlög stannade ännu någon tid hos Sigurd jarl,
hvarefter han begaf sig till Svitjod, där Olof
Svenske, en son till Erik Segersäll och Sigrid
Storråda, regerade. Olof Svenske var en ansedd
konung. På vårsidan, då Gunlög kom till Uppsala,
höllo svenskarna sitt sedvanliga ting. Hos Olof
uppehöll sig en isländare, Ravn Önundsson, son
till en mäktig man på sydvästra Island. Ravn var
en stor stark ståtlig man och stor skald. Så snart
han blifvit fullvuxen, hade han företagit resor
mellan Island och Norge; nu uppehöll han sig
som sagdt, hos Olof Svenske.

Olof tog väl emot Gunlög och sporde om hans
namn, och hvarifrån han var. Då Gunlög omtalat
att han var isländare, vände konungen sig till

Ravn och frågade, om Gunlögs ätt var mycket an-
sedd på Island. Ravn gick fram till konungen och
sade: "Herre, hans ätt är frejdad och stor, och
själf är han en af de bäste män."
"Må hans plats då blifva bredvid dig", sade ko-
nungen. Gunlög bad nu om lof att få uppläsa en
dikt han skrifvit om konungen, men Olof sade sig
dock icke hafva tid att höra på dikten nu utan bad
endast, att Gunlög skulle taga plats.
Ravn och Gunlög berättade om sina öden och
äfventyr samt blefvo snart mycket goda vänner.
En dag, sedan kriget var slut, gingo Ravn och
Gunlög fram till konungen, och Gunlög bad ho-
nom om lof att nu uppläsa sin dikt. Konungen
samtyckte, men då begärde äfven Ravn att få
uppläsa sin dikt samt att få göra det först, då han
först kommit till Sverige.
Då Gunlög hörde Ravns begäran, blef han vred
och sade: "När spordes det, då din och min fader
voro tillsammans, att din fader gick före min, och
icke skall nu heller min ätt stå tillbaka för din."
"Så mycken heder böra vi väl visa konungen, att
vi icke gifva oss i gräl utan låta konungen råda",
sade Ravn.
Konungen afgjorde tvisten så, att Gunlög skulle
först läsa sin dikt. Då han slutat frågade ko-
nungen, huru Ravn fann dikten.
"Kvädet är godt", svarade Ravn, "dock stort till
orden och styft till formen liksom Gunlög själf."
Ravn framsade nu sitt kväde, och då han slutat
sporde Olof, huru Gunlög fann det. "Godt,
herre", svarade Gunlög, "fagert liksom Ravn
själf, men tämligen hvardagligt. Och hvarför",

fortsatte han, vändande sig till Ravn, "diktade du blott en flok[2] om konungen? Tyckte du, att han icke var värd mera?"

Ravn svarade: "Låt oss icke tvista längre, men den dag kommer väl, då vi kunna börja om på nytt." Därmed skildes de. Ravn stannade icke länge kvar hos Olof; då han var färdig att resa, sade han till Gunlög: "Nu må det vara slut med vår vänskap. Du har sökt vanära mig inför konungen och tillfoga mig ondt, men den tid kommer, då jag kan göra dig detsamma."

"Ditt hot skrämmer mig föga", genmälde Gunlög, "och aldrig kommer jag att stå tillbaka för dig, då vi mötas."

Ravn drog nu till Trondhjem, där han gjorde sitt skepp segelfärdigt, hvarpå han styrde färden till Island, där han blef väl mottagen af fränder och vänner. Vintern därpå stannade Ravn hos sin fader.

RAVNS FRIERI TILL HELGA DEN FAGRA

Vid tinget påföljande sommar var Skafte Thordson, en släkting till Ravn, lagman. Ravn bad Skafte att bistå sig, ty han ämnade fria till Helga den fagra.

"Stor framgång kan du icke vänta dig i det frieriet, ty Helga är redan bortlofvad till Gunlög Ormtunga", sade Skafte. "Den tid Thorsten Egilsson lofvat vänta på Gunlög är väl för länge sedan tilländalupen, och föga aktar väl Gunlög på sitt löfte", genmälde Ravn.

---

[2] Mindre kväde

Skafte lät slutligen öfvertala sig, och med stort följe drogo de till Thorstens bod. De blefvo väl mottagna af Thorsten, och Skafte framförde genast deras ärende.

Då Thorsten hörde, att Ravn friade till Helga, sade han: "Min dotter har jag redan lofvat Gunlög Ormtunga, och honom kan jag icke svika."

"Äro icke de tre vintrarna, I lofvade att vänta, tilländalupna", sporde Skafte.

"Väl äro vintrarna gångna", genmälde Thorsten, "men ej somrarna, och än kan Gunlög komma."

"Hvilket svar kunna vi vänta, då sommaren är slut", frågade Ravn. "Nästa sommar mötas vi nog på tinget, då är tids nog att tala därom, nu tjänar det till intet", svarade Thorsten.

Därpå red hvar och en hem till sig, men snart blef det bekant öfver hela Island, att Ravn friade till Helga den fagra.

Gunlög kom hvarken den sommaren eller till tingstiden nästföljande sommar till Island, och Ravn och Skafte drefvo på frieriet så mycket, att slutligen gaf Thorsten med sig, och det bestämdes, att bröllopet skulle stå på Borg i början på vintern, om Gunlög dessförinnan icke kommit tillbaka.

Gjorde Gunlög det, var Thorsten löst från sitt löfte till Ravn. Helga såg med sorg, att Gunlög icke kom tillbaka, och den tid nalkas, då hon skulle blifva Ravns maka.

Gunlög hade, samma sommar som Ravn drog till Island, seglat till England, där han blifvit kvarhållen. Ethelred hade tagit väl emot honom och bedt honom kvarstanna i landet, då danskarna hotade att göra ett anfall. Danskarnas hot verkställdes dock icke, och sedan Gunlög väntat sommaren och vintern ut, fick han den påföljande sommaren konungens tillstånd att resa. Han seglade till Norge, där Erik jarl på Lade tog väl emot honom samt bjöd honom att stanna öfver vintern hos sig. Gunlög afböjde tillbudet, då han hade för afsikt att besöka sin fästmö på Island. Ombord på Halfred Vandrådeskalds skepp seglade han till Island.

Halfred sporde Gunlög om han hört att Ravn friat till Helga den fagra.

"Något har jag hört därom", genmälde Gunlög, "men något bestämdt känner jag ej."

Halfred omtalade då hvad han visste samt tillade: "Många äro de som tycka, att Ravn är lika god som du."

Då kvad Gunlög:

> "Om mig östanstormen tränger
> inom klipporna i fjärden,
> och min väg till hafvet stänger
> under hela veckan lång,
> Högt skall dock mitt kväde klinga
> men mot Ravn att anses ringa
> skall mig gräma mest i världen
> då mot Valhall går min gång."

Kort före vintern landade Halfred i Ravnhamn och började lossa sina varor. Ravnhamn var belägen långt från Borg, hvarför det ännu måste gå om lång tid innan Gunlög kunde nå Thorstens gård. Vid Ravnhamn bodde en bondson vid namn Tord som hade för sed att brottas med alla köpmän som landade där. Då nu Tord skulle brottas med Gunlög utföll kampen så att Tord föll men drog i fallet Gunlög med sig och han vrickade foten så svårt att den gick ur led.

Då Tord föll, ropade han: "Kanhända en annan sak inte går bättre för dig."

"Hvilken då?" sporde Gunlög.

"Din sak med Ravn och Helga den fagra", genmälde Tord.

Gunlög svarade intet.

Hans fot blef ombunden och dragen i led, men den svullnade starkt och förorsakade honom svåra smärtor.

Sent om hösten lämnade Halfred och Gunlög Melrakkaslätten och färdades på sex dagar till Gilsbacka. Samma afton som de kommo dit firades bröllopet på Borg.

Illuge blef mycket glad öfver sonens hemkomst, men Gunlög ville med detsamma rida öfver till Borg. Hans fot hade dock försämrats så mycket, att ingen fann det rådligt att han lämnade Gilsbacka. Och en lång tid blef också Gunlög förhindrad att företaga någon längre färd.

GUNLÖGS MÖTE MED HELGA OCH TVEKAMP MED RAVN PÅ ÖXARÅHOLMEN

Ravn hade druckit bröllop på Borg, men Helga hade varit sorgsen och nedslagen. De hade därefter flyttat till Mossfjället, Helgas och Ravns bostad, men deras samlif blef föga godt.

En morgon vaknade Ravn efter en orolig natt och omtalade att han i drömmen sett sängen full af blod och sig själf liggande svårt sårad i Helgas armar, utan att hon kunde förbinda honom. "Säkerligen betyder drömmen intet godt", slutade Ravn.

"Föga bryr jag mig därom", sade Helga, "och svårt hafven I svikit mig, ty Gunlög är för visso hemkommen."

Kort tid därefter spordes Gunlögs hemkomst. Helga blef allt mera sorgsen till lynnet och Ravn hade föga glädje af sitt äktenskap. Slutligen lämnade Ravn Mossfjället och begaf sig med sin hustru tillbaka till Borg.

Vintern därpå skulle Jofrids dotter Hungerd gifta sig. Bröllopet skulle stå på Skanö gård och bjudning hade utfärdats till alla stormän i trakten.

Äfven Illuge den svarte på Gilsbacka och hans söner hade blifvit bjudna.

Illuge hade mottagit bjudningen, men då han höll på att göra sig i ordning till färden, satt Gunlög stilla utan att göra några förberedelser. Illuge frågade sonen hvarför han icke ville följa med till bröllopet och sade, att det föga anstod en man att sörja så mycket för en kvinnas skull, då det fanns så många andra. Gunlög gjorde då sin fader till viljes och följde med till bröllopsgården.

Då de kommo fram, fingo de sig platser anvisade i ett af högsätena. Midt emot dem sutto Thorsten Egilsson, Ravn och brudgummens följe. Helga den fagra satt hos bruden. Gunlög utmärkte sig framför alla de närvarande genom sin skönhet och sin präktiga klädsel och ofta hvilade Helgas blickar på den man som hon höll af.

Bröllopet var tyst och glädjelöst. Då dagen för uppbrottet kom och alla voro sysselsatta med förberedelser till affärden, fick Gunlög tillfälle att ostörd få tala med Helga. Många kärleksfulla ord växlades dem emellan och slutligen kvad Gunlög en visa, däri han klagade öfver att Helga blifvit Ravns brud och huru tungt timmarna svunno hän för honom sedan den dagen. Gunlög skänkte därpå Helga den kostbara scharlakanskappa som Ethelred gifvit honom i diktarlön.

Då Gunlög lämnade Helga, gick han ut på gården, där en del af gästernas hästar stodo sadlade. Gunlög gick fram till en af dem, satte sig upp och red i full fart mot den plats där Ravn stod. Då Ravn sprang ur vägen för honom, ropade han: "Hvarför springer du ur vägen för mig, då du vet, att du ingenting har att frukta från mig, fast du väl vet hvad du förtjänat."

Ravn svarade med ett kväde, hvari han sade, att han icke fann det lönt att strida, då det fanns så många kvinnor att välja emellan.

Gunlög genmälte: "Så kan det visserligen synas dig, men detta är nu icke min mening."

Illuge och Thorsten skyndade nu fram för att hindra en sammandrabbning mellan dem. Ravn och Gunlög blefvo skilda åt och den vintern träffades de icke vidare samman. Men Ravn hade efter Helgas möte med Gunlög ännu mindre glädje af sitt äktenskap.

Nästa sommar medan Skafte var lagman, trädde Gunlög fram på tinget och sporde om Ravn Önundsson var närvarande. Då Ravn svarade ja, sade Gunlög: "Du vet, att du tagit till maka den kvinna som blifvit mig lofvad och att du uppträdt som min fiende. Därför utmanar jag dig här på tinget till holmgång om tre dagar på Öxaråholmen."

Ravn svarade: "Utmaningen kunde jag vänta mig utaf dig och jag är redo att strida."

Då Ravns och Gunlögs fränder fingo vetskap om utmaningen, blefvo de mycket missnöjda, men ännu tillstadde lagen på Island, att en hvar som blifvit skymfad, hade rätt att utmana till tvekamp. På tredje dagen möttes Ravn och Gunlög. Illuge följde sonen, medan Skafte ledsagade Ravn. Som den utmanade hade Ravn första hugget och hans svärd träffade Gunlögs sköld så kraftigt, att svärdet lossnade vid fästet och spetsen träffade Gunlögs kind. Gunlög sade nu, att han stod vapenlös och därför skulle anses besegrad, men Ravn genmälte, att Gunlög var besegrad, emedan han var sårad.

Gunlög blef nu mäkta vred och sade, att ännu var striden icke afgjord, utan att de skulle fortsätta därmed. Illuge trädde då emellan och sökte stifta fred.

"Jag önskar", sade Gunlög förbittrad, "att då Ravn och jag nästa gång mötas, det skall vara så långt borta att du icke skall kunna skilja oss åt."

Ravn och Gunlög upphörde dock med striden och alla foro tillbaka till tingsplatsen.

Nästa dag bestämdes på tinget, att all tvekamp skulle afskaffas på Island.

En dag då Gunlög och Hermund skulle gå ned till stranden för att bada, fick Hermund syn på Helga tillsammans med några af hennes väninnor.

Helga och Gunlög stannade och talade med hvarandra och då de skildes åt stod Helga länge och såg efter Gunlög. Han vände sig då om och kvad:

"Ifrån tankens ljusa himmel
som en vårnatts stjärnehimmel
strålar hennes blick den rena
hän mot mig ur ögats blå.
Men de blickars ömma låga
vålla endast sorg och plåga
sorg för mig och för den väna
som min längtan ej kan nå."

Kort därefter slutade tinget och Gunlög red hem till Gilsbacka.

RAVN OCH GUNLÖG I NORGE

En morgon, då Gunlög låg ensam hemma, inträngde tolf väpnade män till honom anförda af Ravn. Gunlög sprang genast upp och grep sina vapen, men Ravn sade: "Du har intet att frukta, ty mitt ärende är detta: i somras utmanade du mig till tvekamp och striden blef då oafgjord. Nu tillbjuder jag dig att vi båda fara till Norge och där fortsätta striden; ty där kunna icke våra fränder hindra oss."
Gunlög svarade: "Manligt har du nu talat och förvisso mottager jag anbudet."
Ravn lämnade nu Gilsbacka och gjorde sitt skepp segelfärdigt. Åtföljd af Olof och Grim, sina syskonbarn, seglade han till Trondhjem och uppehöll sig sedan i väntan på Gunlög i två vintrar och en sommar i Levanger.

Gunlög seglade, åtföljd af Halfred Vandråde-skald, kort före vinterns inbrott till Orkneyöarna, där han blef väl mottagen af Sigurd jarl. Hos honom stannade han vintern öfver och följde sedan med honom på ett härnadståg som Sigurd företog i början af sommaren. Gunlög utmärkte sig städse för tapperhet och mod och vidt omkring blef han väl känd. Då jarlen fram på sommaren vände om till Orkneyöarna begaf sig Gunlög tillsammans med några köpmän till Norge.

I början af vintern kom Gunlög till Erik jarl på Lade. Erik hade väl reda på Gunlögs och Ravns fiendskap och han förbjöd dem därför att hålla någon tvekamp i hans rike. Gunlög svarade, att jarlen ju hade rätt att befalla i sitt rike. Han stannade dock vintern öfver på Lade, men ofta fick han lida spott och spe från hirdmännens sida för att han var så sen att hålla sin tvekamp med Ravn.

En dag, då Gunlög tillsammans med Torkel Svarte hade gått ut, sågo de icke långt från gården flera af konungens män som bildade en ring rundt om tvenne kämpar, hvilka på lek fäktade med hvarandra. Den ena af männen föreställde Gunlög, den andre Ravn. De omkringstående roade sig med att ropa åt de fäktande att isländingarna gåfvo bra små hugg och voro sena att minnas sina löften. Gunlög förstod väl det hån som låg i männens lek och han lämnade tyst platsen.

En tid efteråt sade han till jarlen, att han icke längre kunde uthärda hirdmännens hån, utan att han hade för afsikt att uppsöka Ravn. Han bad ock jarlen att gifva honom tvenne vägvisare till Levanger.

Jarlen hade hört, att Ravn hade för afsikt att lämna Levanger och styra färden mot gränsen för att bege sig till Sverige Han gaf dock Gunlög tvenne vägvisare, hvarpå denne tog vägen till Levanger. På aftonen kom han dit, men som Erik jarl förmodat hade Ravn redan lämnat platsen. Gunlög tog nu vägen till Verdaln, men när han kom dit hade Ravn samma dag på morgonen gått därifrån. Gunlög stannade natten öfver i Verdaln och fortsatte färden på morgonen. På kvällen nådde han den plats som Ravn lämnat på morgonen. Så gick det en tid framåt. Gunlög nådde på aftonen den plats Ravn lämnat på morgonen.

En kväll kom han till Svengården på gränsen mellan Sverige och Norge. Ravn hade varit där på morgonen och Gunlög beslöt nu att inte rasta, utan fortsätta färden hela natten och på morgonen vid soluppgången varsnade han ändtligen Ravn. Då de möttes, stod Ravn med sina följeslagare, bland hvilka voro hans fränder Grim och Olof, på en landtunga mellan tvenne sjöar. Ut i den ena sjön gick ett litet näs, Dingenäs.

Gunlög sade att det var väl, att de ändtligen möttes och Ravn var också nöjd därmed och sade, att Gunlög fick bestämma, om de skulle strida allesammans eller blott de båda. Gunlög svarade att det gjorde honom detsamma, men Ravns fränder Grim och Olof, sade, att de ej ville stå som blott åskådare till Gunlögs och Ravns strid, och detta ville ej heller Gunlögs frände Torkel Svarte. Därpå tillsade Gunlög de vägvisare jarlen lämnat, att de skulle stanna som vittnen till kampen, utan att lämna någondera hjälp. Hjälp skulle de bringa endast åt den som öfverlefde striden.

Så började kampen. Grim och Olof gingo först mot Gunlög ensam och kampen blef hård men slutade så, att båda föllo för Gunlögs hugg, utan att Gunlög blifvit sårad. Ravn och Torkel stredo mot hvarandra och Torkel föll. Så föllo äfven alla öfriga följeslagare.

Gunlög och Ravn voro nu ensamma och de drabbade ihop med väldiga hugg. Kampen blef allt hetsigare. Gunlög förde det ypperliga svärd som kung Ethelred skänkt honom och slutligen afhögg han Ravns ena fot. Ravn föll dock icke utan ställde sig så, att han stödde det afhuggna benet mot en trästubbe.

Då sade Gunlög: "Till kamp är du icke längre duglig, och jag vill icke strida med en lemlästad man."

"Det är sant att det gått mig illa", svarade Ravn, "men ännu kan jag hålla ut i striden blott jag hade litet vatten att dricka."

"Om du lofvar att icke öfva något svek, skall jag bringa dig vatten i min hjälm", sade Gunlög. Detta lofvade Ravn och Gunlög hämtade vatten åt honom. Men då Gunlög räckte hjälmen åt Ravn, höjde denne sitt svärd och tillfogade Gunlög ett djupt sår.

"Illa svek du mig nu då jag litade på dina ord, och föga manligt har du handlat", sade Gunlög.

"Jag tillstår det", genmälte Ravn, "men jag kunde inte tåla att du skulle få Helga den fagra."

Därefter fortsatte de striden en stund, men slutligen gaf Gunlög Ravn banehugget.

Jarlens män förbundo nu Gunlögs sår och förde honom tillbaka till Levanger. Men tre dagar efter sin ditkomst dog Gunlög och många beklagade utgången af Ravns och Gunlögs strid.

HELGAS DÖD

Innan Gunlögs och Ravns död spordes på Island hade Illuge den svarte en dröm, hvari han såg Gunlög komma blodig och svårt sårad samt kvädande en visa, däri han omtalade sin kamp med Ravn. Då Illuge vaknade, kom han så väl ihåg kvädet, att han kunde sjunga det.

Samma natt drömde också Önund, att Ravn kom till honom, blodig och svårt sårad. Också han kvad en visa, hvari han förtalde om sin strid med Gunlög. Tidenden om Ravns och Gunlögs död kom således icke oväntad.

På nästa ting sporde Illuge hvilka böter Önund ville gifva honom, då Ravn svikit hans son.

Önund nekade att gifva några böter alls, ty han sade sig hafva lidit lika stor förlust som Illuge.

Då Illuge hörde Önunds svar sade han: "Säkerligen få dina fränder plikta för Gunlögs död."

På hösten red Illuge till Mossfjället och öfverföll Önund. Önund och hans söner undkommo, men två af deras fränder blefvo gripna; den ena lät Illuge dräpa, den andra högg man fötterna af.

Men ännu tycktes icke tvisten mellan Önund och Ravn vara slut. Hermund kunde icke glömma sin broders död. För att hämnas den öfverföll och dräpte han en dag Önunds broders son, Rafu, en präktig och duktig sjöman, hvilken just stod i begrepp att på sitt skepp bege sig till främmande land.

Hvarken för detta dråp eller det föregående kunde Önund få några böter. Men fientligheterna tycktes emellertid upphöra.

Thorsten Egilsson, Helga den fagras fader, hade nu tagit hem sin dotter till sig, men inom kort gifte han bort henne med Torkel Halkelsson som bodde i Raundalen.

Torkel var en ståtlig och ädelsinnad man, men trots den kärlek han hyste till Helga, kunde hon dock aldrig finna lycka hos honom. Städse gingo hennes tankar tillbaka till Gunlög och hennes största glädje var att taga fram och betrakta den kappa som Gunlög hade skänkt henne.

En gång bröt en svår sjukdom ut på gården. Nästan allt husfolket sjuknade och Helga som skötte de sjuka, angreps slutligen också af sjukdomen.

Hon gick dock ännu uppe, men en afton, då hon satt framför elden, trött lutande sitt hufvud i sin husbondes knä, lät hon hämta fram Gunlögs kappa och bredde ut den framför sig. Hon satte sig upp och stirrade en lång stund på den, så sjönk hennes hufvud tillbaka i Torkels knä. Då Torkel lutade sig ned öfver henne, såg han, att hon var död.

Ryktet om Helgas bortgång spred sig hastigt, och många sörjde hennes död.

GISLE SURSSONS SAGA

TORKEL OCH HANS SÖNER

Då Håkan Adalstensfostre[3] härskade öfver Norge, bodde på Svinadal en man vid namn Torkel med tillnamnet Skjers Anker och med herses värdighet[4]. Med sin hustru Jisgerd hade han tre söner, Are, Gisle och Torbjörn, hvilka alla tre vistades hemma hos föräldrarna.

Vid fjorden Ervibul på Nordmöre bodde en annan man vid namn Ise. Till hans dotter Ingeborg friade Are, Torkels son, och fick henne till maka. Med dem följde en träl som hette Koll.

En berserk vid namn Björn Hyn gick omkring i landet och utmanade män till holmgång, då de ej ville följa hans nycker. En vinter kom han till Torkel Skjers Anker, hvars son Are då styrde på gården. Björn förelade nu Are tvenne villkor: Antingen skulle han öfverlämna sin hustru till Björn eller slåss med honom på en holme, Stockholm, liggande i Svinadal. Are svarade genast att han hellre ville slåss än begå en sådan skändlighet.

Efter tre nätters frist skulle de mötas. Slutet på holmgången blef att Are föll, och Björn menade nu, att han kämpat sig till både egendom och hustru. Men Ares broder Gisle sade, att han förr skulle gå till holmgång med Björn än låta honom få råda.

Då sade Ingeborg: "Icke blef jag gift med Are därför att jag hellre ville ha dig. Min träl Koll har

---

[3] Hakon I, son till Harald Hårfager och uppfostrad i England
[4] Herse kallades hövdingen för ett härad; han var först självständig men blev sedan kungens man och kallades då konungens länstagare.

ett svärd som heter Gråsida. Detta skall du be honom att få låna ty det har den egenskapen att alltid förläna den seger som bär det."

Gisle bad trälen att få låna svärdet, hvilket han också ehuru mycket motvilligt fick.

Därifrån möttes Gisle och Björn i holmgång, och Gråsida förlänade Gisle seger. Björn föll, och Gisle tyckte sig ha vunnit en stor seger.

Så friade Gisle till Ingeborg, emedan han ej ville låta en så duktig kvinna gå ur släkten. Han fick henne också samt blef en mycket mäktig man.

Strax därefter dog Torkel, Gisles fader.

Trälen fordrade nu att återfå sitt svärd, men Gisle ville ej lämna det. Då högg trälen till Gisle, så att ett stort sår uppkom. Gisle högg då Gråsida i trälens hufvud. Svärdet sprang i stycken men skallen klöfs. Så föllo både Gisle och trälen.

TORBJÖRN SUR

Nu tog Torbjörn i arf såväl faderns som de båda brödernas gods. Han bodde med sin hustru Tora på Stokke i Svinadal och hade dottern Tordis samt sönerna Torkel, Gisle och Are. Ståtligare män funnos icke på Island.

På en gård i närheten bodde Bard och Kolbjörn, två unga män som nyss tagit emot såväl fäderne- som mödernearf.

Folk hviskade om att Bard ämnade bedraga Tordis och då detta kom för Torbjörns öron sade han, att om Are vore hemma skulle det gå illa för Bard. Denne menade dock, att "föga betyder omyndigs ord".

Bard och Torkel voro goda vänner, men Gisle tyckte illa om honom. En dag begaf sig Gisle i sällskap med Bard och Torkel och då de kommo till Bards gård gaf han Bard banehugg. Torkel blef vred och sade att Gisle handlat illa.

Gisle bad sin broder vara tillfreds och sade: "Låt oss byta svärd och behåll du det som är bäst." Torkel gaf sig då tillfreds och satte sig bredvid Bard. Men Gisle gick hem och förtalde för sin fader hvad som händt. Denne tyckte det var bra gjordt.

Det blef sedan aldrig godt mellan bröderna och Torkel var ej heller nöjd med vapenbytet. Han ville icke längre stanna hemma, utan begaf sig till Holmgångs-Skägge på ön Saxa. Denne var släkt med Bard.

Torkel uppmanade Skägge att hämnas Bard samt att gifta sig med Tordis, Torkels syster.

Nu drogo de 20 man i följe till Stokke och Skägge anhöll om Torbjörns dotter till maka; men Torbjörn sade nej. Det talades om att Kolbjörn var i samförstånd med Tordis och att han vållat afslaget. Därför begaf sig Skägge till Kolbjörn och utmanade honom till holmgång på ön Saxa. Kolbjörn lofvade att komma och tillade att han ej var värd att få Tordis om han ej vågade slåss med Skägge.

Skägge jämte elfva man inväntade holmstämman. Gisle gick nu till Kolbjörn och sporde hur han tänkte sig holmgången med Skägge. "Jag fruktar", sade Kolbjörn, "att jag ej vågar strida med honom."

"Du talar som en usling", sade Gisle, "och fastän du blir till spott och spe skall jag gå i ditt ställe."

Och så drog Gisle och hans följeslagare, tillsammans tolf man, ned till ön Saxa.

Skägge kom och framsade holmgångslagen, men Kolbjörn syntes icke till och ej heller någon på hans vägnar.

Skägge hade en smed som han bad göra tvenne människoliknande figurer, den ena lik Kolbjörn, den andra lik Gisle, och ställa dem bakom hvarandra för att stå där till deras skam.

Detta tal hörde Gisle där han stod i skogen, strax invid kampplatsen, och han svarade: "Dina huskarlar kunna nog ha annat att göra, ty här ser du en som ej är rädd för att slåss med dig."

Nu började striden.

Skägges svärd hette Gunn-Loge Kamplåga, och då han högg med det klang det högt; Skägge sade:

"Ljud högt Gunn-Loge
lustigt blir det på Saxa."

Gisle svängde ett huggspjut och högg af foten på Skägge, sägande:

"Där föll foten från
Skägges ben."

Skägge löste sig nu från holmgången[5] och gick sedan med träben. Torkel drog hem med sin broder och förhållandet blef därefter godt mellan dem båda.

---

[5] Efter holmgången ansågs den som först blev sårad för öfvervunnen och hade rätt att lösa sig från holmgången med vanligen 5 mark silfver.

115

Skägge hade två söner, Einar och Arne. De bodde på Flydrenäs, norr om Trondhjem. På hösten samlade de hjälp och drogo på våren till Svinadal. Där förelade de Kolbjörn två villkor: Antingen skulle han följa med dem för att bränna Torbjörn och hans söner inne eller också genast mista lifvet.

Kolbjörn valde att följa dem.

De voro då tillsammans 60 man. Vid nattetid kommo de till Stokke och satte eld på husen. Torbjörn, hans söner och dotter voro tillsammans i en stuga, och i densamma stodo tvenne kar med surmjölk. I denna doppade de ett par bockskinn och sökte släcka elden därmed. Detta lyckades också tre gånger. Sedan bröt Gisle ned väggen, så att tio personer kommo ut och löpte till fjälls. Tolf människor blefvo innebrända, men Skägges söner trodde att allesammans blifvit lågornas rof. Gisle, hans fader och öfriga följeslagare drogo sedan till Fridarö, där de skaffade sig hjälp, så att de blefvo tillsammans 40 man. Dessa öfverraskade Kolbjörn och brände honom inne jämte elfva personer.

TORBJÖRN SUR OCH HANS SÖNER SEGLA TILL ISLAND

Därpå sålde de sina jordegendomar, köpte skepp, gingo ombord, tillsammans 60 människor, och seglade med allt sitt först till några öar ute i hafvet, hvarifrån sedan 40 personer drogo till Flydernäs. Där fingo de höra att Skägges söner med följe rest för att utkräfva landsskyld. Gisle och

hans sällskap gingo nu för att möta Skäggesö-
nerna och deras följeslagare samt dräpte dem alla.
Sedan plundrade de gården och Gisle dräpte
Holmgångs-Skägge.
Sedan gingo de åter ombord på skeppet, seglade
till hafs och efter 50 dagar kommo de till Dyra-
fjord. På hvar sin sida om viken bodde Torkel
Eriksson och Torkel den rike; den senare sades
vara en sonson till Harald Hårfager. Han var den
förste bland traktens ansedda män som gick om-
bord på skeppet och hälsade på Torbjörn Sur, så
kallad efter det han värjde sig med surmjölk. Som
allt land var upptaget längs båda stränderna måste
Torbjörn köpa sig land i Hakedal. Här byggde
Gisle en gård kallad Sjöbol, där de sedan bosatte
sig.
I Arnarfjord (Örnfjorden) bodde Bjartmar med
sin hustru samt dottern Hilde och sönerna Helge,
Sigurd och Vestger. Hos Bjartmar vistades en
nordman, Vestein, som blef gift med Hilde. Deras
barn voro dottern Auda och sonen Vestein, som
blef en duktig man och bosatte sig vid ett fjäll i
Anundsfjord.
Kort därefter dog Torbjörn Sur och likaså hans
hustru. Sedan de blifvit höglagda togo Gisle och
Torkel gården i besittning.
Torkel gifte sig med Asgerd Torbjörnsdotter från
Falknefjord och Gisle Sursson äktade Auda,
Vestgers dotter, Vesteins syster. Bägge bröderna
bodde tillsammans i Hakedal.

PÅ TORSNÄS TING

En vår skulle Torkel den rike draga söderut till
Torsnäs ting och Sursönerna följde med honom.
På Torsnäs bodde då Torsten Torskabit med sina
barn Tordis och Torgrim samt Bork den tjocke.
Torsten Torskabit var en mycket mäktig man, son
af Torolf Mostrarskägg från Sörhördeland, där
han hade ett stort hof eller tempel. Han var en
stor blotsman och offrade till Tor. När Harald
Hårfager vardt honom för mäktig, flyttade han
öfver till Island, tog tempeltimret, gudabilderna
samt något af jorden under Tors bild med sig och
byggde upp templet igen alldeles likadant som
förut, på ett näs på sydsidan af Bredfjorden, hvil-
ket han kallade Torsnäs. Templet kom i högt
anseende och där inrättades tingställe för fjär-
dingen.

Torkel uträttade sina ärenden på tinget och när
detta var gjordt inbjöd Torsten Torskabit honom
och Sursönerna till sig. Vid afresan gaf han dem
stora gåfvor och de inbjödo då Torstensönerna till
sig vid Alltingstid nästa vår.

Nästa vår drogo Torstensönerna, i allt tolf perso-
ner, till Hulsö ting, där de träffade Sursönerna.
Efter tinget skulle Torstensönerna först gästa Tor-
kel den rike och därefter bege sig till Sursönerna,
hvilka gjorde ett stort gille för dem.

Torgrim fann Tordis så vacker, att han friade till
henne, och bröllop blef genast drucket. Tordis
fick i hemgift gården Sjöbol dit de flyttade.
Sursönerna flyttade sedan till Hool och byggde
en präktig gård där, gränsande intill Sjöbol. Så

blefvo Torgrim och Sursönerna grannar och mellan dem rådde ett mycket vänskapligt förhållande. Torgrim hade godord, d.v.s. var höfding för häradet, häradshöfding eller lagman samt föreståndare för tempeltjänsten.

Till ett af vårtingen drogo Sursönerna och Torgrim med följe, tillsammans 40 man, alla klädda i grant färgade kläder. Vestein, Gisles svåger, och alla sördalingarna voro med i följet.

En man vid namn Gert Oddleifsson, en för visdom och klokhet mycket ansedd man, var inne hos Torkel den rike. Sördalingarna sutto just och drucko, medan de öfriga voro vid domstolen. Då kom en man, en stor hakedaling vid namn Arnor, in och sade:

"Det är då alltför galet med er hakedalingar, att I icke bryn eder om annat än att dricka och icke komma till doms, där edra tingsmän ha saker att afgöra. Detta säger nu jag men det är allas mening."

Då sade Gisle: "Låt oss gå till domarne, kanske flera säga på samma sätt."

De gingo då till domarne och Torgrim sporde om det var någon som önskade deras hjälp. "Hvad vi kunna göra", sade han, "skall ej utebli från vår sida och så länge vi förmå något lofva vi eder hjälp."

Torkel den rike svarade: "Hvad som nu förekommer är af föga betydenhet; men om det skulle inträffa, att vi behöfva edert bistånd, skola vi nog säga eder till."

GISLE, TORGRIM, TORKEL OCH VESTEIN INGÅ FOSTBRÖDRALAG

Folket hade nu mycket att säga om denna ståtliga flock och deras dråpliga tal.

Torkel sade till Gest: "Hur länge tänker väl du att dessa hakedalingar skola hålla ut med sin stolthet?"

"Du kan vara viss på", sade Gest, "att tredje sommaren härefter skall det icke finnas någon enighet mellan dem som nu höra till denna flock."

Arnor hörde detta tal, smög sig in i hakedalingarnas stuga och förtalde hvad som sagts.

Gisle sade: "Här har han sagt stora saker, låt oss se till, att han ej blir sannspådd. Jag vill ge ett godt råd till att ännu fastare binda vår vänskap: Låt oss fyra ingå fostbrödralag tillsammans."

Detta syntes alla godt och de gingo genast ut på Örebolsudden, där de flådde upp en torfremsa så att båda ändarna sutto fast i jorden, men midt under satte de ett med besvärjelserunor ristadt spjut, så högt att en man kunde nå upp till spjutnageln, den nagel hvarmed själfva den ihåliga järnspetsen var fästad vid träskaftet. Därunder skulle de gå alla fyra, Torgrim, Gisle, Torkel och Vestein.

Nu ristade de sig blodiga och läto blodet flyta tillsammans på den jord, hvarifrån torfremsan blifvit afflådd, föllo sedan på knä och svuro den ed, att en hvar af dem skall hämnas den andra som sin broder, och till eden kalla alla gudar som vittnen.

Men då de sedan skulle räcka hvarandra handen sade Torgrim: "Jag vågar nog då jag lofvar att hämnas mina svågrar Torkel och Gisle, men Vestein bryr jag mig icke om", och därmed drog han handen tillbaka.

"Flera af oss få då göra detsamma", säger Gisle och drar sin hand tillbaka, "ty jag vill icke binda mig att dela fara med den man som ej vill göra det med min svåger Vestein."

Gisle sade sedan till sin broder: "Det gick som jag anade, måtte det icke komma något värre däraf."

Så drog folket hem från tinget.

SURSÖNERNA SEGLA TILL NORGE OCH DANMARK

En sommar kom till Dyrafjord ett skepp tillhörande tvenne norska män. Torgrim red strax ned till skeppet för att köpa sig timmer. En del af betalningen erlade han genast, den andra delen skulle han betala sedan. De båda köpmännen stannade kvar på platsen. Kort därefter skickade Torgrim sin son för att taga emot samt räkna timret som Torgrim strax ville ha hemfördt.

Då Torgrims son hade samlat och räknat timret, tyckte han, att det var sämre än hvad hans fader sagt, och han talade därför hårda ord till köpmännen. Detta tålde de icke, utan dräpte honom och begåfvo sig därefter till sina härbärgen. Sedan de gått hela dagen och natten med, satte de sig ned för att äta dagvard, hvarefter de lade sig att sofva. Emellertid hade Torgrim fått kunskap om dråpet på sin son, och han lät därför genast ro sig öfver viken och satte efter dråparne, hvilka han anträffade där de lagt sig, och dräpte dem. Därefter

kallades stället Dagvardsdal. Så gick Torgrim
hem och prisade sig själf för dådet, ty dessa öster-
ländingar hade varit mycket illa kända i Norge,
där de blifvit fredlösa till lands.
På våren togo svågrarna Torgrim och Torkel det
skepp som österländingarna ägt, gjorde det redo
och seglade bort därmed. Samma sommar drogo
också Vestein och Gisle bort från landet. Torkels
och Gisles hus förestodos af Anund i Meldadal
och Sakasten styrde på Sjöbol. På den tiden härs-
kade Harald Gråfäll i Norge.
Torgrim och Torkel landade på nordkusten af
Norge och träffade kungen som tog dem bland
sina män. De voro duktiga att vinna både gods
och ära.
Gisle och Vestein voro till sjöss i 50 dagar och
seglade en vinternatt under storm och oväder in
på Hördelands kust, där de ledo skeppsbrott, men
räddade folk och gods.
En man vid namn Skägge Bjalve ägde ett godt
skepp, med hvilket han ämnade segla till Dan-
mark. De erbjödo sig att köpa halfva skeppet,
men Bjalve sade, att han hört att de voro raska,
duktiga män och därför ville han förära dem hälf-
ten i skeppet. De lämnade honom dock full
betalning.
Nu seglade de till Danmark, till köpstaden Vi-
borg, där de stannade vintern öfver och hade det
mycket godt.
Tidigt på våren gjorde Bjalve skeppet segelfär-
digt för att segla till Island. Men Vestein, som låg
i handelsförbindelse med en man vid namn Si-
gurd som då var i England, ville att de skulle

segla dit. Då sade Gisle: "Du skall lofva mig att aldrig utan mitt medgifvande lämna Island, ifall vi nu komma helbrägda dit tillbaka."
Detta lofvade Vestein.

ÅTERFÄRD TILL ISLAND. AUDAS OCH ASGERDS SAMTAL

En morgon gick Gisle ned till sin smedja, han var en mycket konstförfaren smed, och där smidde han en silfverpenning, stor som ett öresstycke.[6] Penningen förfärdigade han i två lika stora delar, sammanfogade med 20 tappar, så att de båda delarna kunde skiljas från hvarandra och åter sammanfogas till ett enda stycke. Den ena delen lämnade han åt Vestein och bad att han skulle behålla den som ett järtecken. Den andra behöll han själf. "Denna", sade han, "skola vi sända hvarandra, när ditt eller mitt lif är i fara; ty en aning säger mig att vi nog kunna behöfva att skicka hvarandra bud, då vi icke träffas själfva." Därpå drog Vestein till England, men Gisle och Bjalve till Norge och om sommaren åter till Island. Gods och anseende lyckades dem godt att vinna och de skiftade godset och skildes som vänner. Bjalve köpte åter den sålda hälften i skeppet, och Gisle med följe, tillsammans 12 personer, for på en båt västerut i Dyrafjord.
Torgrim och Torkel gjorde också sitt skepp segelfärdigt och seglade till Dyrafjord. Då Gisle redan var ditkommen, träffades de snart samman, och

---

[6] Något större än en specieriksdaler eller fyra kronor

det blef ett gladt återseende. Så drog en hvar hem till sitt.

Torkel och Torgrim hade också förvärfvat sig mycket gods och Torkel var mäkta stormodig däröfver och arbetade icke på sin jord. Gisle däremot arbetade både natt och dag.

Det var en vacker sommardag. Gisle med alla sina män arbetade med höbärgningen, men Torkel stannade hemma vid gården. Han var den enda af manfolket som ej deltog i arbetet. Han hade lagt sig att sofva i dagligstugan efter dagvarden. Dagligstugan var 100 alnar lång och 30 alnar bred. Under själfva dagligstugan åt söder hade Gisles och Torkels hustrur, Auda och Asgerd, sin kammare, där de sutto och sömmade.

Torkel vaknade och tyckte att han hörde några tala inne i kammaren. Han gick därför bort och lade sig ned för att lyssna.

Han hörde då Asgerd säga: "Gör mig den tjänsten, Auda, att skära till en skjorta åt min man Torkel."

"Det kan jag inte bättre än du", genmälte Auda, "och du skulle visst inte ha bedt mig därom ifall det varit åt min broder Vestein den skulle skäras till."

"Det där har sin egen historia", sade Asgerd.

"För länge sedan visste jag hur det står till", inföll Auda. "Men låt oss inte tala om det vidare."

"Det är väl inte så farligt heller, om jag tycker bra om Vestein", svarade Asgerd. "Man har förtalt mig att du och Torgrim ofta taltes vid innan du blef gift med Gisle."

124

"Det var inte något orätt i det", invände Auda, "ty ingen man har jag föredragit framför Gisle. Men låt oss nu sluta upp med detta prat."

Torkel hörde hvartenda ord, och knappt hade de tystnat förrän han utbrast: "Hvad får jag väl höra! Det är ett snyggt prat som torde bli orsak till en, ja, kanske flera mäns död."

Därpå gick han ut.

Då sade Auda: "Kvinnosladder gör ofta skada, och det kan se mycket galet ut ifall vi nu icke kunna hitta på något råd."

"Jag har tänkt mig ett råd, som väl kan hjälpa mig, men för dig vet jag intet", sade Asgerd.

"Hvad är då ditt råd?" frågade Auda.

"Det är att slå mina armar om Torkels hals", sade Asgerd, "då blidkas han nog och nämner ingenting om saken."

"Detta är inte nog", invände Auda, "jag brukar säga min husbonde allt som plågar mig och som jag ej vet råd för."

På aftonen kom Gisle hem från arbetet. Torkel brukade tacka honom för hans sträfvan; men nu satt han tyst och yttrade ej ett ord.

Gisle spörjer om han är sjuk. "Nej, värre än så", sade Torkel.

"Har jag då gjort dig något emot?" frågade Gisle.

"Nej, långt ifrån", säger Torkel, "men du får nog sedan veta hur allt hänger ihop."

Därpå gick han sin väg utan att äta något.

Då Asgerd kom in i sofkammaren, där Torkel redan var, sade han, att han ej tänkte stanna där.

"Hvad har du då tänkt på i en hast, och hvad skall det betyda", sade Asgerd.

"Både du och jag veta väl hur det är", säger Torkel, "och det skall just inte lända dig till större heder, om jag talar mera rent ut."

"Du må göra som du vill, jag ämnar inte tigga dig om tillgift. Du får två villkor att välja emellan: antingen låter du allt vara godt och talar inte vidare om detta, eller nämner jag vittnen och förklarar mig skild från dig samt låter sedan min fader hämta mina brudgåfvor och min hemgift. Aldrig skall du sedan få mig tillbaka."

Då Asgerd sagt detta teg Torkel stilla. Om en stund sade han: "Det är väl bäst du gör som du vill. Jag skall inte jaga dig härifrån."

Inom kort voro de fullständigt förlikta och grollet var som bortblåst.

När Auda och Gisle blefvo ensamma förtalde Auda hela samtalet med Asgerd och bad honom ej vara vred utan finna på något godt råd.

"Jag ser just intet råd som duger", säger han, "men dig ger jag ingen skuld, ty en hvar må säga hvad honom lyster, och det som är bestämdt får ha sin gång."

GISLE OCH TORKEL SKIFTA BO OCH GISLES VINTERGILLE

Nu lider året hän och fardag är nära. Då säger Torkel till sin broder: "Det är nu så, min broder, att jag tänker förändra min ställning och flytta tillsamman med min måg Torgrim. Jag vill därför att vi skola skifta boet."

"Bröders samägo är bäst", säger Gisle, "och jag önskar sannerligen ingen förändring. Låt oss därför icke skifta."

"Därom är nu inte frågan", svarar Torkel, "skifta godset måste vi. Men då det är jag som begär skifte, må du behålla gården och fädernearfvet så tar jag lösöret om inte annorlunda blir öfverenskommet. Gör nu som du vill, välj eller skifta." Slutet blef att Gisle skiftade och Torkel fick lösöret, men Gisle behöll jordegendomen. De delade också fosterbarnen[7], en gosse och en flicka, Germund och Godrid. Gossen följde Torkel och flickan stannade hos Gisle.

Så led det hän till vinter. Det var nu många mäns sedvana att hälsa vintern med vinternattsblot och gille. Gisle hade upphört att blota sedan han var i Viborg i Danmark, men fortfor att hålla gillen och visa sig som en storman.

Nu reder han till ett stort gille och inbjuder härtill Torkel den rike och Torkel Eriksson, sina svågrar Bjartmanssönerna och många andra stormän. Då gästerna började samlas sade Auda: "En man saknar jag här, det är min broder Vestein. Jag önskar han vore här; jag skulle så gärna se att han delade vår glädje."

"Då tänker jag annorlunda", svarade Gisle, "ty jag skulle vilja ge ut mycket om han ej kom hit just nu."

Torgrim Näf bodde på Näfstad utanför Hakedalså. Han var full af trolldom. Honom bjödo Torgrim Torstensson och Torkel Sursson till sig. Han var ej allenast den största trollkarl utan också en mycket förfaren smed. Man berättar nu att

---

[7] På Island var sed att fattiga och hjälplösa äldre eller yngre fördelades på bättre lottade, i första rummet släktingar. Likaså omyndiga. Alla kallades med ett gemensamt namn "öfvermagar".

båda Torgrimarna och Torkel gingo till smedjan och stängde dörren till samt togo fram styckena af svärdet Gråsida, hvilket Torkel hade fått på sin lott vid boskiftet. Af dessa stycken gjorde Torgrim Näf ett spjut som blef färdigt mot kvällen. På spjutskaftet inristade han trollrunor. Detta skedde på Sjöbol.

Anund från Meldadal kom till Gisles gästabud, och tog Gisle afsides samt berättade, att Vestein hade kommit ut till Island och ämnade sig till Hol. Gisle tog genast mycket illa vid sig, kallade i hast sina huskarlar Halvar och Håvard till sig och bad dem skynda sig norrut till Anundsfjord, för att söka reda på Vestein samt hälsa honom från Gisle och be honom stanna hemma till dess Gisle kom till honom, framför allt att förmå honom att ej fara till gillet. Han lämnade huskarlarna en påse innehållande förut omnämnda halfva penning, på det Vestein skulle tro deras ord.

Huskarlarna begåfvo sig genast åstad, först till sjöss, så på land, tills de kommo till en bonde, Besse, som ägde de två snabbaste hästarne i trakten. Dessa båd de från Gisle att få låna, och redo så in under Hästfjället där Vestein bodde. Emellertid hade Vestein redan ridit hemifrån, men tagit en annan väg, så att de icke träffade honom. Då Vestein red förbi Hol, höllo tvenne huskarlar som blifvit oense om arbetet, på att slåss och höggo hvarandra med liarna. Vestein stannade och förlikte de stridande samt fortsatte sedan färden till Dyrefjord.

Då Halvar och Håvard fingo veta hvilken väg Vestein tagit, skyndade de sig tillbaka så fort de kunde, och efter en stund fingo de från vägen på höjden se tre män ridande nere midt i dalen. I Vesteins sällskap voro nämligen två österländingar. Halvar och Håvard påskyndade nu sin ridt för att hinna upp Vestein, men då de ridit ett stycke, störtade båda hästarne. Nu begynte de ropa, då Vestein och hans följeslagare hörde dem och stannade.

Så träffade de tillsammans, och huskarlarna framförde sitt ärende samt lämnade Gisles penninghalfva till Vestein som tog upp sin del ur penningbältet, och passade båda samman.

Vestein rodnade starkt och sade: "Jag ser nog, att I icke faren med orätt; och haden I träffat mig förr, skulle jag också vändt om, men nu löpa alla vatten till Dyrefjord, och dit måste jag nu rida; dock skola österländingarna vända om. I kunnen däremot ro hem och mäla min ankomst för Gisle och min syster."

De gjorde så, och då de kommo hem, förtalde de, hur allt hade gått till, och Gisle sade, att nu fick det väl vara som det var.

Vestein drog vidare mot fjorden, där en frände lät sätta honom öfver till andra stranden. "Var aktsam om dig", sade han, "det kan väl behöfvas."

På andra stranden vid Tingsöre lånte han en häst af Torvald Gneiste som erbjöd sig att följa honom till Gisle. "Det kan nog behöfvas", säger han, "ty mycket har förändrats i Hakedal, sedan du var där sist. Akta dig väl."

129

Vestein red, så hästen skummade, ända tills han kom till Hakedal. Det var klart väder och månsken. Torgrims tjänstfolk, en dräng och en piga, höll just på att släppa in korna: drängen dref in dem, och pigan band dem i bås. Vestein träffade drängen som sade: "Kom icke hit till Sjöbol; skynda dig till Gisle och var varsam om dig." Då pigan kom ut från ladugården och fick syn på mannen, tyckte hon sig känna honom, och under det hon och drängen gingo hem, tvistade de om, hvem det var. Torgrim och de andra sutto vid elden, då de gingo förbi, och Torgrim sporde, hvad de tvistade om. Pigan svarade: "Jag tyckte mig bestämdt känna igen Vestein i blå kappa och med spjut i handen, ridande så skummet flöt från hästen. Hvad tyckte du?" sade hon till drängen.

"Jag såg inte så noga efter", sade drängen, "men jag tror, att det endast var Anunds huskarl med Gisles kappa på sig och ett metspö i handen."

"En af er ljuger", sade Torgrim, "men du Ranveig kan ju gå bort till Hol och se, hur det är där."

Pigan gick, och kom fram när de sutto och drucko. Gisle bad henne stanna, men hon svarade, att hon skulle hem och blott ville tala vid Godrid. Auda sporde om hennes ärende, men hon svarade, att det kom ingen vid. Annat besked fick man ej. Gisle bad henne stanna eller gå hem. Hon gick hem, och vid hemkomsten visste hon sämre besked, än när hon gick bort.

Morgonen efter lät Vestein Halvar och Håvard bära upp till sig två lådor med varor. Däraf tog han en bonad 60 alnar lång och en hufvudduk 20 alnar lång med inväfda guldtrådar, vidare tre bägare invändigt förgyllda. Allt detta lade han fram och sade, att det var gåfvor till hans syster, till Gisle och till edsbrodern Torkel, om de ville ta emot dem.

Gisle går öfver till Sjöbol, till sin broder Torkel, och talar om Vesteins ankomst och de kostliga gåfvor han förärat dem samt visar dessa och ber honom välja.

Torkel svarar: "Det är rimligt, min broder, att du behåller alltsammans, jag vill inte ta emot något af det. Nej, jag tar icke emot något."

Gisle går hem igen, och det tycktes honom, att det skulle komma att gå som han fruktade.

Vesteins dråp

Nu händer sig på Hol, att Gisle jämrar sig i sömnen två nätter å rad, men vill icke tala om sina drömmar. Den tredje natten kom ett så häftigt vindkast, att taket blåste af på ena sidan af huset. Strax därefter kom ett sådant slagregn, att man ej hade sett maken, och regnet började strömma in. Gisle spratt till och kallar på sina män för att hjälpa sig. De skynda sig då till höet för att se efter det. Men en träl, Tord den modlöse, blef hemma, och så äfven Vestein,

Vestein och hans syster Auda vända nu sina sängar längs efter husväggen. Men strax före dagningen kommer någon sakta gående in i huset och till den plats, där Vestein ligger. Han vaknade i detsamma men visste om intet, förrän han blir stungen i bröstet med ett spjut som går tvärs igenom honom. Med detsamma utropade han: "Det

träffade bra", och föll död ned. Mannen gick obe-
märkt ut.

Auda vaknar, ropar på Tord den modlöse och be-
faller honom att draga ut spjutet. Det hette på
denna tid, att den som tog vapnet ur såret på den
dräpte, skulle hämnas dråpet, och man kallade det
blott hemligt dråp, icke mord, när dråparen lät
vapnet sitta kvar i såret. Tord var rädd för lik och
vågade ej komma det nära, men i detsamma kom
Gisle in, såg hvad som händt, bjöd Tord vara
stilla och drog själf ut spjutet samt kastade det så
blodigt det var i en kista och lät ingen se det.
Sedan lät han ställa med Vesteins lik, som skick
och bruk var på den tiden. Vesteins död var de
flesta till sorg. Gisle sade till sin fosterdotter
Godrid: "Du skall gå öfver till Sjöbol och söka få
reda på, hvad man tar sig till med där och sedan
säga mig besked därom. Dig tror jag bäst härvid-
lag."

Då hon kom till Sjöbol voro båda Torgrimarna
och Torkel redan uppe och sutto med vapen i
händerna. Sedan hon väntat en stund, sporde
Torgrim henne: "Hvad nytt?" Hon förtalde då om
Vesteins dråp eller mord.

"Detta", sade Torkel, "tyckes oss vara en viktig
tidende."

"Det är en man död", inföll Torgrim, "som vi alla
äro skyldiga att visa stor heder och begå hans lik-
färd på det ståtligaste. Hans död är till stor skada,
och du kan säga Gisle, att vi alla skola komma till
honom i dag."

Hon gick hem igen och förtalde för Gisle, att Torgrim satt med hjälm och svärd och full hår-klädnad; att Torgrim Näf hade en bilyxa i sin hand, att Torkel höll ett draget svärd vid fästet, och att alla män där på gården voro uppe och under vapen.

Gisle beredde sig nu att höglägga Vestein i en sandkulle vid Säftjärn nedanför Sjöbol. Då han var på väg, kom också Torgrim för att hjälpa till vid uppkastning af högen. Och då Vesteins lik var nedlagdt, sade Torgrim till Gisle: "Det är sedvana att binda helskor på män, när de skola gå till Valhall. Nu skall jag göra det åt Vestein." Då han gjort detta, sade han: "Inte förstår jag mig på att binda på helskor, om dessa lossna." Sedan satte de sig vid foten af högen i olika tankar.

Torkel sporde: "Hur bär Auda sin broders död?" "Du kan nog förstå", svarade Gisle, "att hon visar sig lugn, men känner det djupt. Jag drömde både i går natt och i natt. Dock vill jag inte säga, hvem jag tror dråparen vara. Första natten drömde jag, att en huggorm rann ned från en granngård och dödade Vestein; andra natten att en ulf kom från samma gård och bet ihjäl honom. Men jag nämnde intet om drömmarna, ty jag ville ej, att de skulle gå i uppfyllelse."

Därpå kvad han om, hur mycket bättre det var att sitta samman i hallen och glädjas vid mjödet än att draga spjutet ur den dräpta Vesteins bröst, och att han ej önskade sig en tredje dröm.

Åter sporde Torkel, hur Auda bar broderns död. "Ifrigt spörjer du härom, min broder", sade Gisle, "är du då så nyfiken att få veta det?" Och han kvad om, hur Auda väl fällde tårar, men bar sorgen stilla. Därpå gingo bröderna hem tillsammans.

Torkel sade: "En stor sorg har nu träffat oss båda, dock dig mest. Men du får ej ta det så, att folk skall komma att misstänka något. Låt oss därför börja med lekar och låt det vara så godt emellan oss som när det var som allra bäst."

"Det var väl taladt", svarade Gisle, "och vi skola göra som du säger, dock på det villkor att du lofvar mig, att om något inträffar som går dig lika nära som detta gått mig, så skall du uppföra dig på samma sätt som du nu önskar, att jag skall göra."

Detta lofvade Torkel, och så gingo de för att dricka arföl efter Vestein. Därefter begynte de med lekar som om ingenting händt. Svågrarna Gisle och Torgrim lekte oftast tillsammans, och man kunde ej bli enig om, hvem som var starkast, dock höll man för, att det var Gisle. Man spelade boll vid Säftjärn, och det var nästan ständigt fullt med folk.

En dag var det mycket folk med i spelet. Gisle bad dem att spela skiftesvis. Detta lofvade de, men bådo Gisle att icke spara sig i spelet med Torgrim; "ty", sade de, "det säges, att du spar dig, men vi vilja, att du får mesta anseende, om du är den starkaste."

"Vi ha inte pröfvat oss riktigt ännu", sade Gisle, "men kanske det nu kan bli utaf."

De började spela, och Torgrim blef öfvervunnen. Gisle fällde honom och ville ta bollen från honom, men Torgrim höll fast den. Då fällde Gisle honom så hårdt, att skinnet gick af knogarna, och blod strömmade ur näsa och mun. Torgrim hade svårt att stå upp.

Torkel sade: "Nu ser man, hvem som är den starkaste; låt oss nu sluta."

De upphörde nu med spelet, och det blef något kyligare mellan dem.

TORGRIMS DRÅP

Sedan höll Torgrim vintergille för att hälsa vinterns ankomst. Han inbjöd därtill sin broder Bork, Ejolf Tordsson, kallad den Grå[8], och många andra stormän. Men Gisle inbjöd till sitt gille sina svågrar från Anundsjö, de bägge Torklarna m.fl., så att där voro nära femtio man. På bägge ställena skulle gillet vara lika länge.

Då de hos Torgrim höllo på att hänga upp väggbonaderna och väntade gästerna på kvällen, sade Torgrim till Torkel: "Nu skulle de sköna bonader Vestein ville ge dig, komma oss väl till pass. Det tyckes mig vara stor skillnad på, om du äger dem eller icke, och jag skulle gärna se, att du nu fordrade att få dem."

Torkel svarade: "Den kan allt som kan hålla måtta, och jag vill inte skicka bud efter dem."

"Då skall jag göra det", inföll Torgrim, och bad fostersonen Germund gå, men han ville icke. Torgrim gaf honom då en väldig örfil och sade: "Gå nu, om du tycker det är bättre."

---

[8] Ejolf var son till Tord Geller, en av de mäktigaste män på Island, sonson till Torsten Röde, som en tid var konung i Skottland, hvars fader, Olof Hvite af Ynglingaätten, hade upprättat ett nordiskt rike på Irland vid Dublin. Ejolfs syster Tora var Torgrims moder.

Då gick Germund, och när han kom fram, höllo
Gisle och Auda på att hänga upp väggbonaderna.
Germund framför sitt ärende, och förtäljer hur det
gått honom.
"Vill du låna dem bonaderna, Auda?" frågade
Gisle.
"Kan du fråga så", invände Auda, "du vet ju väl,
att jag hvarken i detta eller annat som kan skänka
dem anseende, vill foga mig efter dem."
Likväl gaf Gisle Germund de begärda bonaderna,
följde honom till vägs och sade: "Nu kan du inte
säga annat, än att jag varit villig mot dig, och då
skall du vara lika villig mot mig i hvad jag öns-
kar, ty gåfvor och gengåfvor böra följas åt. Jag
vill gärna, att du drar reglarna från dörrarna i af-
ton och påminner dig, hur man bad dig gå detta
ärende."
Germund frågade: "Kan det icke bli någon fara
däraf för din broder Torkel?"
"Alldeles icke", svarade Gisle.
"Då skall jag se till att göra det", sade Germund.
Då han kom hem med bonaderna, kastade han
dem ifrån sig. Då sade Torkel: "Olik andra män i
tålmodighet är Gisle, och bättre uppför han sig än
vi."
"Detta kan nog behöfvas", svarade Torgrim, och
så hängde de upp bonaderna. Mot kvällen kom
gästabudsfolket. Det mulnade i luften, blef snö-
fall med vindstilla, så att alla stigar snöade igen.
Bork och Ejolf kommo på kvällen med 60 man,
och det var då på Sjöbol samlades nära hundra,
men hos Gisle blott omkring femtio. Man började
dricka om kvällen och gick därpå till sängs.

Gisle sade till Auda: "Jag har glömt att fodra Torkel den rikes häst. Gå du med mig medan jag fodrar hästen och håll dig sedan vaken, medan jag är borta, så att du kan taga regeln från dörren, när jag kommer tillbaka."

Nu tog han upp spjutet ur kistan; det var gjordt af Gråsida, och hade legat i kistan sedan Vestein dräptes. Därpå gick han till den bäck som rinner mellan bägge gårdarna och vadade sedan utefter denna till den väg som därifrån ledde upp till den andra gården. Gisle kände väl till husen på Sjöbol, emedan han hade byggt gården.

Inifrån själfva huset kunde man komma till ladugården, dit gick han först. Där stodo 30 kor på hvardera sidan. Han band ihop svansarna på korna och stängde dörren, så att den ej kunde öppnas inifrån.

Sedan gick han inåt huset, där Germund hade fyllt sitt värf och tagit bort reglarna från dörren. Han gick in, stängde dörren och styrde sin väg framåt i sakta mak. Så stannade han för att lyssna om alla sofvo. Tre ljus brunno i stugan. Han tar litet säf som användes till bäddarna, och kastar på det ena ljuset, då en hand stack fram för att släcka det. Han såg då, att icke alla sofvo. Så går han vidare till den afskilda del, där Torgrim och hans hustru, Gisles syster, lågo. Dörren stod på glänt. Gisle smyger sig sakta fram mot Torgrims säng. Torgrim rör på sig, och Gisle stannar, tills det blifvit tyst igen. Då smyger han sig vidare fram, sticker handen i barmen för att värma den, kommer fram till Torgrim, rör sakta vid honom så att han vänder sig utåt, lyfter så täcket med den ena handen och sticker med den andra Gråsida genom bröstet på Torgrim, så att spjutet fastnar i sängbotten.

Därvid vaknar Tordis och ropar: "Vaknen upp alle man, min husbonde Torgrim är dräpt."

Gisle skyndar så fort han kan till ladugården, såsom han på förhand uttänkt, stänger dörren fast efter sig och går tillbaka samma väg som han kommit, så att han ej kan spåras. Auda tar regeln från dörren, och Gisle går till sängs, som om ingenting händt.

Men på Sjöbol voro alla yrvakna och yra af ölet, så att ingen kunde säga, hvad som skulle göras. Slutligen tog Ejolf till orda och sade: "Här har skett en gräslig ogärning, och alla äro som från förståndet. Mig synes bäst att skynda till dörrarna, så att dråparen ej må slippa ut."

Man gör så, och alla äro i den tro, att dråparen måste vara någon af dem som finnas därinne.

Så blir det morgon. Då tar man Torgrims lik, drar ut spjutet och gör allt i ordning till begrafningen. Härmed äro 60 man sysselsatta.

De gingo öfver till Hol, till Gisle. Trälen Tord den modlöse ser skaran, skyndar sig in och förtäljer, att en hel här kommer till gården. Gisle säger, att han ej är rädd för skaran, och att man blott skulle hålla sig stilla.

I detsamma komma Torkel och Ejolf till gården och gå in till det afskilda rum, där Gisle ligger. Torkel går fram till sängen, ser Gisles skor stå framför den, frusna och sneda, han sparkar dem in under sängen, så att ingen skall få se dem.

Gisle tar väl emot dem och spörjer om nytt. Torkel sade, att det var både stora och dåliga nyheter samt spörjer hvad de nu skola göra. "Det är aldrig långt mellan onda och stora gärningar", svarade Gisle. "Vi skola nu höglägga Torgrim, och man kan med rätta vänta, att vi skola göra det med all ståt."

Tillbudet blef mottaget, och man begaf sig nu till Sjöbol för att uppkasta högen. De lägga Torgrim i ett skepp och ställa honom i högen på sedvanligt sätt. Då högen skall läggas igen, går Gisle fram, tar upp en sten stor som ett berg och lägger den i skeppet, så att hvarje spant höll på att brista samt säger: "Ej kan jag binda ett skepp, om vind och väder rycker loss detta." Det syntes nu många som detta hade likhet med, hvad Torgrim gjorde då han band helskor på Vestein.

De begåfvo sig nu hem från högen, och Gisle sade till sin broder Torkel: "Jag tror mig kunna förtjäna det af dig, min broder, att vår vänskap nu får bli, såsom den var, då den var som bäst. Låt oss därför börja med lekar."

Torkel tog vänligt mot tillbudet, och hvar och en gick hem till sitt. Gisle hade nu inte många gäster hos sig, och gillet slutade därmed, att Gisle gaf sina gäster goda afskedsgåfvor.

TORGRIM NÄFS OCH AUDBORGS TROLLDOM

Nu dracks arföl efter Torgrim, och Bork gaf många vängåfvor. Så betalade han Torgrim Näf för att öfva trolldom mot den man som dräpt Torgrim, så att han ej skulle kunna skyddas, om också folk ville ge honom skydd. Härför fick

Torgrim Näf en nio år gammal oxe. Så utförde han trolldomen på sedvanligt sätt med all sköns arghet och list.

Där hände också något som man aldrig sett förr: ingen snö fastnade på Torgrims hög, och ej heller frös den. Man gissade, att detta kom sig däraf, att Frej höll Torgrim så kär för blotens skull, att han ej ville, att någon kyla skulle komma emellan dem.

Så led det fram på vintern. Bröderna höllo spel och lekar tillsammans. Bork slog sig samman med Tordis och gifte sig med henne. Men strax efter födde hon en son som vattenöstes och kallades Torgrim efter sin fader. Under uppväxtåren var han tungsint, och man förändrade därför hans namn till Snorre, sedan Snorre Gode (tempel- och offerföreståndare).

Torgrim Näfs syster Audborg bodde nere i dalen på Anmarkestad; hon hade varit gift med Anmarke, och hennes son hette Torsten. Denne var den starkaste i lekarna näst Gisle, och vanligen spelade Gisle och Torsten tillsammans mot Bork och Torkel.

En dag kom en mängd folk till för att se på lekarna, ty många voro nyfikna på att se, hvem som var den starkaste och flinkaste i spelen. Det gick då som det brukar gå, att ju flera som sågo på, desto ifrigare blefvo de spelande. Bork, som icke kunde rå på Torsten, blef till sist så vred, att han bröt sönder Torstens bollträ. Torsten slog då Bork med kraft mot marken. Gisle, som såg detta, bad då Torsten att spela som han begynt och erbjöd honom sitt bollträ.

Gisle satte sig då ned och såg bort mot Torgrims hög: den var täckt med snö. Då sjöng han ett kväde som han aldrig bordt kväda; ty han nämnde tydligt däruti, att det var han som dräpt Torgrim. Tordis, som hört på kvädet, gick nu hem: hon förstod strax, hvad det skulle betyda. Så upphörde lekarna, och Torsten gick hem.

På hemvägen mötte Torsten en man vid namn Berg. De började tala om lekarna, och till sist blefvo de oense, och Berg skulle slå till Torsten med yxhammaren, men en annan kom emellan, så att Torsten blef endast sårad. Vid hemkomsten förband hans moder honom, men hon var mycket orolig öfver såret och harmfylld mot den som slagit sonen. Hon kunde icke sofva på natten för sin oro och grämelse, utan gick ut och gick några hvarf motsols omkring husen; hon satte näsan i vädret och vädrade åt alla kanter. Vädret som förut varit kallt, slog nu med ens om till tö, en vattenström brast lös från fjället, och ett snöskred kom nedrasande öfver Bergs gård, hvarvid tolf människor satte lifvet till. Märken efter jordskredet synas i marken ännu den dag som i dag är.

Torsten begaf sig till Gisle, som gömde honom, så att han kunde komma öfver till Borgarfjord och därifrån ut ur landet. Men så snart Bork fick höra om dessa illfundiga trollkonster, drog han genast till Anmarkestad, lät fasttaga Audborg och släpade henne ut på Saltnäs, där hon blef stenad ihjäl.

Strax därefter begaf Gisle sig till Näfstad, tog Torgrim Näf och förde honom ut på Saltnäs, där

man drog en säck öfver hufvudet på honom, ste-
nade honom ihjäl och kastade en stenhög öfver
honom på åsen mellan Hakedal och Meldadal.

GISLE FREDLÖS

Det var nu lugnt i trakten, och tiden led fram mot
våren. Bork drog söderut till Tingnäs eller Tors-
näs, där han tänkte slå sig ned. Han tyckte sig
icke ha gjort någon hederlig resa västerut, då han
mistat en sådan man som Torgrim utan att ha
kunnat hämnas hans dråp. Han begaf sig nu för
att hämta sina ägodelar och sin hustru. Torkel
ville följa sin svåger och slå sig samman med ho-
nom.

Gisles syster Tordis följde sin man ett stycke på
väg, och när de kommo till Torgrims hög, sade
Bork: "Hvarför var du så sorgsen, strax innan vi
slutade våra lekar i vintras? Du lofvade att säga
mig det, innan jag drog hemifrån."

Hon stannade med ens och sade, att hon ej för-
mådde gå längre samt förtalde hvad Gisle kvad,
då han såg högen. "Inte tror jag, att man behöfver
gissa på någon annan som Torgrims baneman,
och saken anlägges nog rättast mot honom."

Bork blef förskräckligt vred och sade, att han
genast skulle vända om och dräpa Gisle, men
Torkel invände: "Jag vet inte, hur mycket som är
sant i hvad hon säger: kvinnoråd äro ofta obegrip-
liga." Så talade han för Gisle, tills de kommo till
Sandhult, där släppte de hästarne på bete. Torkel
sade, att han under tiden ville hälsa på sin vän
Anund.

Han red nu bort så hastigt han kunde, och var snart ur sikte. Då vek han af nedåt Hol och förtalde för Gisle, hvad som var på färde, och att Tordis förklarat och tolkat hans kväde, så att åtal mot honom nu var i görningen.

Gisle sade: "Det synes mig som jag skulle förtjänat annat af min syster, ty jag har sannerligen flera gånger satt mitt lif i fara för hennes skull, och nu vill hon bli min bane. Men nu vill jag veta, hvad jag har att vänta af dig, min broder."

"Endast att söka varna dig ifall folk skulle vilja dräpa dig", svarade Torkel. "Men rädda dig kan jag icke, ty äfven jag har gjort en stor förlust genom min svågers och väns dråp."

Gisle genmälde: "Kunde man väl vänta annat, än att dråpet på en sådan man som Vestein skulle bli hämnadt."

Så skildes de åt. Torkel skyndade tillbaka till Bork, och de drogo till Torsnäs ting, där Bork ordnar sitt hus och vänder så tillbaka igen. I följet var, utom Torkel, Borks systersöner Torodd och Sakasten samt en österländing, Torgrim. Då de kommo till Sandhult, sade Torkel: "Jag har en fordran här vid en liten gård; jag rider dit för att kräfva ut den, men I kunnen rida långsamt efter."

Då Torkel kom till gården, bad han husmodern att få byta häst och låta sin egen stå utanför dörren med vadmal kastadt öfver sadeln. "Kommer mitt sällskap", sade han, "så kan du säga, att jag sitter inne i stugan och räknar pengar." Husmodern skaffade honom en annan häst, och han red skyndsamt till Gisle och berättade, hur sakerna stodo, att Bork kommit tillbaka, och att han förberedt åtalet vid Torsnäs ting mot Gisle för Torgrims dråp. Gisle hade emellertid sålt jordegendomen till Torkel Eriksson och behållit lösöret.

Gisle frågade sin broder, om han ville lämna honom någon hjälp. Han svarade som förut, att han nog ville säga honom till, ifall något angrepp skulle tillämnas mot honom, men att han noga vill akta sig för att själf få något åtal på halsen. Därmed red Torkel bort och passade sig, så att han kom bakom sitt följe.

Bork förhalade emellertid sin färd, så mycket han kunde. Gisle tog en häst och åkte till skogen med sina ägodelar. I sällskap med honom var hans träl, Tord den modlöse. Gisle sade: "Du har varit mig lydig och gjort hvad jag velat, därför skall jag också löna dig på det bästa."

Gisle brukade bära en blå kappa och gå mycket väl klädd. Han kastade kappan af sig och sade: "Denna kappa ger jag dig, och jag vill, att du genast skall ta den på dig. Sätt dig sedan i släden, så skall jag leda hästen och ta på mig din jacka. Sedan skall du sitta tyst, och om någon ropar på dig, skall du inte svara; vill någon göra dig illa, skall du springa till skogs."

Tords förstånd var lika stort som hans mod, och han gjorde som Gisle sagt. Han var stor till växten, så att han syntes högt öfver släden och kråmade sig mycket, emedan han tyckte sig vara väldigt fint klädd och förnäm.

Nu fick Bork och hans sällskap syn på de åkande och satte med fart efter dem. Tord fick se detta och löpte skyndsamt till skogs. Borks sällskap trodde, att det var Gisle som flydde, och red efter samt ropade till honom så mycket de förmådde, men han teg och sprang af alla krafter. Torgrim Österländing kastade ett spjut efter honom, som träffade mellan skuldrorna och blef hans bane. Bork sade: "Lycka till med ditt kast!"

Borks båda systersöner ville nu rida efter trälen för att se, om det fanns något mod i honom; men Bork och de öfriga gingo bort till den dräpte mannen i den blå jackan, togo hatten af honom, och det syntes dem nu som lyckan var mindre, än de hade önskat.

Bröderna kommo emellertid till skogen, i hvilken Gisle redan kommit in, så att de sågo honom, och han såg dem. Den ena af dem kastade ett spjut mot honom, men han grep det i flykten och kastade det tillbaka, så att det träffade och gick midt igenom Torodd. Han vände då tillbaka till sitt ressällskap och sade, att mannen ej var att leka med. Bork ville då, att allesammans skulle gå emot honom. De gjorde så.

Då de kommo till skogen, såg Torgrim Österländing, att buskarna rörde sig på ett ställe och kastade ett spjut däremot. Det gick igenom Gisles ena ben, men han tog spjutet och kastade det tillbaka, så att det träffade Torgrim, som föll död ned. Nu letade de öfriga rundt om i skogen, men funno icke Gisle. De vände då tillbaka till gården och anlade åtalet mot Gisle för Torgrims dråp, men de togo intet gods därifrån.

Gisle gick upp på fjället bakom gården och förband sitt sår, medan hans förföljare ännu voro

kvar på gården. Då de aflägsnat sig, gick Gisle
hem, gjorde sig resfärdig, skaffade sig ett skepp
och förde mycket gods ombord därpå. Hans
hustru Auda och fosterdottern Godrid gingo
också ombord med honom.
De seglade först till Haganäs, där de landade.
Gisle gick upp till gården, där han träffade en
man som sporde, hvem han var. Gisle sade, hvad
som föll honom in, men icke sanningen. Så tog
han upp en sten och kastade öfver till en holme
ett godt stycke från land och sade, att mannen
skulle be husbondens son, när han kom hem, att
göra det efter, så skulle han nog gissa, hvem som
varit där. Därpå gick han åter i båten, rodde förbi
näset öfver Örnfjorden och in i Gertjofsfjorden;
där gick han i land, gjorde i ordning vinterbostad
och stannade där öfver vintern.

GISLE SÖKER FÖRLIKNING

Gisle skickade nu bud till sina svågrar,
Bjartmarssönerna Helge, Sigurd och Vestgeir,
och bad dem fara till tinget och bjuda förlikning
för honom, så att han ej skulle bli dömd fredlös.
De gjorde så, men kommo ingenstädes med för-
likningen, och folk sade, att de burit sig oklokt åt.
De blefvo därför helt missmodiga och vågade
icke själfva meddela Gisle domen om hans fred-
löshet, utan förtäljde den för Torkel den rike. Och
Torkel begaf sig strax till Gisle och talade om för
honom, att han blifvit dömd fredlös.
Gisle sporde, hvilken hjälp han kunde vänta af de
båda Torklarna och fick till svar, att de väl ville

hjälpa till att dölja honom, men att de ej ville ut-
sätta sig för någon fara att själfva förlora något
gods därför.

Därpå gick Torkel hem.

Sedan uppehöll Gisle sig tre vintrar vid Gertjofs-
fjord, men vistades stundom hos Torkel Eriksson.
Tre vintrar drog han omkring i landet och besökte
höfdingarna samt bad om hjälp af dem; men till
följe af den trolldom och förbannelse Torkel Näf
lagt i sin seid, kunde han ej förmå höfdingarna att
hjälpa sig, och fastän det ofta såg mycket
lofvande ut för honom, kom det alltid något i
vägen. Dock var han långa tider hos Torkel Er-
iksson. Och sålunda tillbragte han de första sex
vintrarna af sin fredlöshet.

Därefter uppehöll han sig stundom i Gertjofsfjord
på Audas gård och stundom i ett gömställe som
han hade inrättat söder om ån. Ett annat göm-
ställe hade han i bergen söder om gården.

EJOLF ÅTAGER SIG ATT DRÄPA GISLE

Så snart Bork fick veta, hvar Gisle brukade uppe-
hålla sig, drog han till Ejolf Grå som bodde på
Otradal vid Örnfjorden, och bad honom att leta
efter Gisle och dräpa honom som fredlös. Han
lofvade att betala tre hundrade[9] i silfver, om Ejolf
ville göra allt möjligt härför. Ejolf tog emot peng-
arna och lofvade att göra, hvad han kunde.

Hos Ejolf var en man vid namn Spejar-Helge,
som var både kvick och skarpsynt samt kände

---

[9] Ett hundrade eller storhundrade i silfver utgjorde 20 öre, och ett öre mot-
svarade en silfverspecie (nu 4 kronor) och tre hundrade således ungefär 60
specier. Tager man i betänkande, att penningvärdet var många gånger större än
nu, så hade den erbjudna summan en betydlig storlek.

noga till trakterna omkring fjordarna. Honom skickade Ejolf till Gertjofsfjord för att spana efter Gisle. Helge fick också strax syn på en man, men visste ej säkert om det var Gisle. Han skyndade sig genast hem och förtäljde för Ejolf hvad han sett. Ejolf sade, att han förstod, att det ej kunde vara någon annan än Gisle och skyndade sig strax hemifrån med sju man. Men han kunde icke få syn på Gisle och måste med oförrättadt ärende draga hem igen.

Gisle var en framsynt man. Han drömde ofta, och allt som han drömde, stod sedan klart för honom. En höstnatt, då han var på Audas gård, jämrade han sig i sömnen. Då han vaknade, frågade Auda, hvad han hade drömt. Han svarade, att han hade två drömkvinnor: "Den ena är vänlig mot mig, men den andra säger mig alltid, hvad jag icke tycker om och spår mig ondt. Jag drömde i natt, att jag kom till ett hus eller en stuga. Därinne voro många fränder och vänner samt många okända; alla sutto vid elden och drucko. Några bränder voro utbrända, men andra lyste som klarast. Då kom den goda drömkvinnan in och sade, att dessa bränder betecknade de år som jag ännu hade att lefva. Hon rådde mig att, så länge jag lefde, bortlägga gamla seder och ej lyssna till trolldom eller hedendom, men vara god mot de fattiga och menlösa: längre var icke min dröm." Sedan kvad han några visor.

Bork pressade nu hårdt på Ejolf som ej bedrifvit saken som han velat och sade, att det ej var gjordt mycket för alla de pengar han gifvit, och att Gisle var i Gertjofsfjord. Bork skickade folk dit för att leta efter Gisle, och talade om att själf fara dit. Ejolf skyndade sig och skickade genast Spejar-Helge till Gertjofsfjord. Han var denna gång borta en hel vecka och passade oaflåtligt på, om han skulle få syn på Gisle. En dag fick han verkligen syn på honom, då han gick mellan sina gömställen. Han kände tydligt igen Gisle och skyndade sig bort för att tala om det för Ejolf. Denna begaf sig genast med 40 man till Audas gård, men fann icke Gisle. De letade rundt om i skogarna, men funno honom ej heller där.

Då vände de tillbaka till Auda, och Ejolf bjöd henne mycket pengar, om hon ville förråda Gisle, men hon hörde ej därpå. De hotade henne med misshandel och lemlästning, men hon brydde sig ej heller därom. De måste då draga med oförrättadt ärende hem igen.

Af denna misslyckade resa led Ejolf mycken skam och smälek, och han blef nu hemma den hösten. Gisle fann dock nu, att om han än icke blef funnen denna gång, så skulle han dock bli det, då det var så kort afstånd mellan hans gömställen. Därför begaf han sig hemifrån och gick till sin broder Torkel, som då bodde på Vam. Han bultade på sofstugan, där Torkel låg. Torkel steg upp och hälsade Gisle som sade, att han nu ville veta, hvilken hjälp han kunde få af Torkel. Han hade länge sparat sin broder, sade han, men nu väntade han godt bistånd af honom.

Torkel svarade som förut, att han ej kunde lämna honom något bistånd, hvaraf åtal mot honom själf kunde bli en följd, men han erbjöd honom silfver, gods och skydd på resan, om han behöfde.

Gisle sade: "Jag ser väl, att du ej vill skänka mig något bistånd, men skaffa mig då tre hundraden i vadmal; det anar mig, att jag inte så ofta skall komma att be dig om hjälp."

Torkel gjorde så och skaffade honom något varor samt silfver.

Gisle sade, att han väl nu måste taga emot det, men att han ingalunda skulle ha affärdat Torkel så kallt, om han hade varit i Torkels ställe. Det syntes tydligt, att Gisle var djupt gripen, när de skildes åt.

GISLE HOS INGJALD PÅ HERGILSÖ

Han drog nu bort till Vadil, till Gest Oddleifssons moder, kom dit på morgonen innan det blifvit dager och bultade på dörren. Husmodern Torgerd var van vid att ofta taga emot fredlösa män; hon hade en underjordisk gång som gick mellan hallen och ån. Märken efter gången synes ännu där på platsen.

Torgerd gick ut och tog väl emot Gisle. "Jag skall gärna göra dig till viljes och låta dig stanna här en liten tid", sade hon, "men jag är rädd för, att mina småhålor ej äro annat än kvinnopåfund."

Gisle menade dock, att mången man var mindre rådig än en kvinna, och han ville gärna ta emot hennes tillbud. Han stannade nu där öfver vintern, och ingenstädes hade han, sedan han blef fredlös, haft det så bra som där.

Så snart som det blef vår, drog Gisle åter till Gertjofsfjord; hans längtan att få återse sin maka Auda blef honom öfvermäktig. Han uppehöll sig i lönlighet där under sommaren. På hösten började åter hans drömmar, och nu var det hans onda drömkvinna som visade sig. Auda sporde, hvad han drömde, och han kvad en visa, hvari han klagade öfver, att drömmarna plågade honom, att den elaka drömkvinnan kom öfver honom och ville stänka honom med blod.

Det blef nu åter lugnt. Gisle drog till Torgerd och blef hos henne den andra vintern. På sommaren vände han åter till Gertjofsfjord och var där till hösten, då gick han till sin broder Torkel och bultade på dörren. Men Torkel ville ej gå ut. Gisle tog då en kafle, ristade runor därpå och kastade in den till Torkel, som tog upp kaflen, läste runskriften och gick så ut samt hälsade Gisle och sporde om nytt.

Gisle sade, att han ej hade något nytt att förtälja. "Nu vill jag för sista gången vända mig till dig, min broder", sade Gisle, "låt mig nu se, att du hjälper mig på bästa sätt. Jag skall löna dig med att aldrig vidare komma till dig."

Torkel svarade som förut; han erbjöd honom häst eller båt, men något annat eller mera ville han ej lämna. Gisle tog emot tillbudet på båt och bad Torkel hjälpa till att draga fram den i vattnet. Han gjorde så och lämnade Gisle sex äskor med mat samt hundrade i vadmal.

Då Gisle nu kommit i båten, stod Torkel på land och såg på affärden. Då sade Gisle: "Nu står du, min broder, där så trygg och lycklig, du är många höfdingars vän och har ingenting att frukta, då jag däremot irrar fredlös omkring och har många mäktiga fiender mot mig, men det kan jag dock säga dig, att du kommer att bli dräpt, förrän jag blir det. Vår skilsmässa blir nu svårare än förr. Vi komma icke att träffas ofta. Aldrig skulle jag ha handlat så emot dig."

"Inte bryr jag mig om dina spådomar", sade Torkel, och därmed skildes de åt. Gisle rodde till Hergilsö i Bredafjorden. Då tog han skott och tofter ur båten, likaså åror och allt löst, hvälfde om båten och lät den drifva inåt näset. Folket gissade då, att Gisle hade drunknat, eftersom båten dref sönderbruten i land.

Gisle gick upp till gården på Hergilsö, där Ingjald och hans hustru Torgerd bodde. Ingjald var Gisles syskonbarn och hade kommit ut till Island i sällskap med honom. Då han såg Gisle, bjöd han honom genast all den hjälp och allt det bistånd som stod i hans förmåga att lämna.

Ingjald hade en träl och en trälkvinna vid namn Svart och Botild. Hans son hette Helge och var fullkomligt vansinnig, så att han fick gå med en stor sten bunden om halsen och släpande på marken. Han gick ute och åt gräs som boskapen. Man kallade honom Ingjaldstosingen. Han var stor till växten.

Gisle stannade där den vintern samt byggde ett skepp åt Ingjald och smidde många saker åt honom; och allt hvad han gjorde var lätt att känna igen, ty han var skickligare än de flesta andra män. Folket undrade också öfver, hur det kom sig, att allt hvad Ingjald hade var så fint och väl arbetadt.

Om sommaren uppehöll sig Gisle i Gertjofsfjord, och så hade tre vintrar lidit hän, sedan den tid han drömde sina drömmar. Ingjald var hans säkraste stöd. Folket i trakten tyckte emellertid, att det såg underligt ut, och man började hviska om, att Gisle var i lifvet och ej drunknat, och att han uppehöll sig hos Ingjald. Man pratade också om, att Ingjald hade fått tre stycken mycket väl arbetade båtar. Detta rykte kom också till Ejolf Grå, och då fick Spejar-Helge ge sig ut för att spana.

Man kom till Hergilsö. Gisle brukade vara i en jordkula, när folk kom dit. Ingjald var en mycket gästfri man, och han bjöd Helge att stanna kvar på Hergilsö. Han stannade öfver natten. Ingjald var en synnerligt driftig man, och han rodde alltid tidigt ut på fiske, när sjön tillät det. Därförinnan sporde han nu Helge, hvarför han låg så länge, och om det ej brådskade med hans resa. Helge svarade, att han mådde så illa, han pustade och strök sig på kindbenen. Ingjald bad honom då att ligga så stilla han kunde och rodde till sjöss, men Helge började stöna högt.

Nu skulle Torgerd gå till jordkulan och ge Gisle dagvard. Mellan visthusboden och den stuga Helge låg uti, var det endast en tunn brädvägg som ej gick upp till taket. Helge klef nu upp mot taket och såg, att mat blef utdelad till en man. I detsamma kom Torgerd in, och Helge for ner så hastigt, att han föll mot väggen. Torgerd sporde, hvad det skulle betyda, att han klef upp under taket och ej låg stilla? Han svarade, att han hade så förskräcklig värk, att han ej kunde ligga stilla. "Men nu vill jag gärna", sade han, "att jag får komma till sängs." Detta fick han, och därefter gick Torgerd bort med maten. Helge steg då upp och gick efter henne och fick se hvad hon hade att beställa, gick så tillbaka igen och lade sig i sängen.

Om aftonen kom Ingjald hem och sporde Helge om det inte var bättre med honom nu? Han svarade jo, och bad att nästa morgon få hjälp att komma öfver från ön. Han rodde så öfver till Flatö, drog syd hän till Tingsnäs och förtäljde att han fått syn på Gisle, som var hos Ingjald.

Bork jämte fjorton man drogo nu bort på ett skepp och seglade norrut i Bredfjorden. Denna dag hade Ingjald rott långt ut på djupet och Gisle var med honom; trälen och trälkvinnan voro i en annan båt. De lågo vid några öar, Skutalsöarna. Då såg Ingjald ett skepp komma och sade: "Där seglar helt visst Bork den tjocke."

"Hvad skola vi nu finna på", sade Gisle, "låt nu se om du är lika klok och uppfinningsrik som du är tapper och modig."

"Rådet är lätt funnet", sade Ingjald, "fastän jag icke är någon uppfinningsrik man. Vi lägga i land vid ön, gå upp på Valstenberget och försvara oss där så länge vi kunna hålla oss uppe."

"Det blef som jag tänkte", sade Gisle, "att du skulle finna på ett råd som tydligt skulle visa hvilken modig man du är; men sämre skulle jag löna dig än jag vill om du skulle mista lifvet för min skull. Nej, något annat råd skola vi hitta på. Vi ro till ön och du och trälen gå upp på berget, där ni ställa er försvarsfärdiga, då skola de tro att jag är den ena af männen. Men jag skall byta kläder med trälen och gå i den andra båten med Botild." De följde hans råd; Gisle var nu som alltid den rådigaste mannen.

Då de skildes frågade Botild: "Hvad skola vi nu
göra?"
"Vi skola ro emot dem", svarade Gisle, "och låtsa
som om ingen fara är på färde." Han gaf henne
sedan besked om, hur hon skulle bära sig åt. "Du
skall säga, att du har tosingen i båten. Jag skall
sätta mig i fören och härma honom, veckla in mig
i näten och ibland falla utanför båten samt bära
mig åt på det galnaste. Komma vi då väl förbi
dem, så skall jag ro af alla krafter och hastigt
lägga en lång väg mellan dem och oss."
Nu rodde hon emot dem, dock icke så särdeles
nära. Hon låtsades söka ett fiskegrund. Bork ro-
pade till henne, och sporde om Gisle var på ön.
"Det vet jag inte", sade hon, "men där är en man
som öfvergår andra både till växt och klokhet."
"Är Ingjald hemma?" frågade Bork.
"Nej, han rodde för länge sedan ut till ön och
hans träl var med honom", svarade Botild.
"Det kunde jag tro", sade Bork, "det var nog
Gisle. Låt oss nu ro efter dem allt hvad vi kunna."
Hans män svarade: "Det är lustigt att se på to-
singen så löjligt som han bär sig åt." De sade att
det gjorde dem ondt om henne som skulle följa
galningen, men hon invände, att de syntes i stället
ha mycket roligt och att det tycktes som de hade
föga medlidande med henne.
"Låt oss icke sysselsätta oss med sådant slarf",
sade Bork, "utan skynda vidare."
De skildes nu åt, och Bork rodde till ön. De sågo
männen på Valstenberget, styrde dit, och de
tyckte sig nu ha gjort sin sak bra. Men snart

kände Bork igen männen däruppe, att de voro Ingjald och trälen, och sade till Ingjald: "Jag råder dig nu till att utlämna Gisle eller säga hvar han finns. Du är en stor skälm som dolt min broders baneman, och du förtjänade att bli dräpt."

Ingjald svarade: "Jag har dåliga kläder och skall ej beklaga mig mycket, om jag ej hinner slita ut dem, men förr vill jag mista lifvet än handla illa mot Gisle eller låta bli att skydda honom mot faror."

Det säges, att Ingjald var den som mest bistod Gisle och var honom till största gagn, och somliga påstodo, att när Torgrim Näf utförde trolldomen, kom han ej ihåg att inbegripa de yttre öarna däruti; därför fick Gisle här bistånd i det längsta, ehuru det ej räckte till slutet.

Bork tyckte sig emellertid icke kunna anfalla sin landbo Ingjald, och han vände därför om och begaf sig till hans gård. Där letade de efter Gisle, men funno honom ej, som helt naturligt var. De foro nu rundt om ön och kommo därvid till en dal, där tosingen gick med en sten om halsen och åt gräs. Bork sade då: "Väl har man förtalt märkliga ting om Ingjaldstosingen, men det går nu vida längre än jag tänkt. Vi ha låtit oss dragas duktigt vid näsan, och jag är ej säker på, om vi få saken bättre. Det var helt säkert Gisle som satt i båten bredvid oss och härmade tosingen, ty han är utlärd i alla slags konster. En skam skulle det vara för så många män som vi äro, om han skulle slippa oss ur händerna, låt oss därför skynda oss, så att han ej må undkomma."

De sprungo då ombord på fartyget, rodde efter Gisle och lågo hårdt på årorna. Omsider fingo de syn på honom och pigan, hvilka nu hade kommit långt in i sundet. Båda parterna rodde nu af alla krafter, men den större båten sköt starkare fart, emedan där voro långt flera män vid årorna. Efter en stund kommo de Gisles båt inom skotthåll, men då hade han ock nått stranden. Nu sade Gisle till pigan: "Här är en fingerring som du skall lämna Ingjald, och här är en annan till hans hustru. Hälsa dem från mig, att de skola skänka dig friheten och låt dessa gåfvor vara ett järtecken härpå. Jag vill också, att Svart skall få friheten. Du förtjänar i sanning att kallas mitt lifs räddare, och därför vill jag, att du skall få det godt."

Så skildes de åt. Pigan rodde bort, trött och svettig, så det rök om henne. Gisle sprang i land och upp i en bergklyfta på Hjardarnäs.

Bork och hans män rodde också i land och den raskaste utaf dem, Sakasten, sprang upp för att leta efter Gisle. Men just som han kom upp till klyftan, stod Gisle framför honom med draget svärd. Han högg till Sakasten och klöf hufvudet ända ned till skuldrorna, så att han föll död ned. De öfriga gingo nu upp på land, men Gisle kastade sig i sjön för att simma öfver till andra land. Bork kastade ett spjut efter honom; det träffade honom på öfre delen af benet och skar sig ut så att ett stort sår uppstod. Gisle drog ut spjutet, men tappade svärdet, ty han var så matt, att han ej förmådde hålla det.

Då han kom i land var det mörkt; natten hade fallit på. Han gick in i skogen, då för tiden växte nämligen skog öfverallt på Island. Bork och hans män rodde också öfver till samma land samt gingo upp för att leta efter Gisle och kringränna honom i skogen.

Gisle var nu så trött och styf i alla leder, att han knappast kunde gå. Han hittade dock på råd; han gick ned till sjön och smög sig i mörkret, nästan krypande efter stranden, bort till gården Hag. Bonden på gården hette Räf och var en öfvermåttan slug man. Han sporde Gisle hvad som var på färde och denna berättade för Räf allt som tilldragit sig mellan honom och Bork.

Räfs hustru hette Alfdis. Hon var utomordentligt vacker, men lika utomordentligt häftig och svår till lynnet, dessutom var hon mycket trollkunnig. Folket påstod, att hon och Räf passade synnerligt väl tillsammans.

Gisle berättade nu om sina faror och äfventyr för Räf och bad honom om bistånd, tilläggande, att nu skulle de snart komma och nu gäller det hårdt, men få äro de som komma honom till hjälp.

"Jag skall se hvad jag kan göra", sade Räf, "bara jag ensam får råda och du inte gör något på egen hand."

"Som du vill", genmälde Gisle, "jag går inte ett steg längre."

Då följde bonden Gisle till boningshuset och sade till Alfdis: "Nu kommer jag för att låta dig byta sängkamrat", därmed tog han alla sängkläderna ur sängen och lät Gisle lägga sig ned i halmen,

lade så sängkläderna öfver igen och därofvanpå
tog sig Alfdis plats.

"Förblif nu kvar här hvad som än må ske", ytt-
rade Räf till sin hustru, "och låt ingen komma
någonstädes med dig, utan var så arg och rasande
som du kan vara och spar inte på ord. Jag skall gå
ut och tala med dem och lägga mina ord som mig
bäst synes."

Då nu Räf gick ut kommo Borks följeslagare, åtta
till antal; han själf hade stannat kvar på Forsså,
och lät där leta efter Gisle. Räf sporde dem om
nytt.

"Intet annat nytt än du väl har hört", svarade
männen, "vet du något om hvar Gisle kan vara?
Har han varit här?"

"Han har hvarken varit här eller försökt komma
hit; och det försöket skulle bara bringat honom
ofärd", svarade Räf. "Jag förstår inte, hur I kun-
nen tro, att jag skulle vara mindre angelägen än
någon af eder att dräpa Gisle. Så mycket vett har
jag, att jag väl förstår, att det är värdt mycket att
stå väl hos en så mäktig man som Bork; hans vän
skulle jag gärna vilja vara."

"Har du något emot, att vi undersöka ditt hus?"
frågade de.

"Nej", svarade Räf, "gärna för mig, så mycket
mer skäl hafven I sedan att söka på andra håll,
när I veten, att han icke är här. Söken därför som
I för godt finnen."

Alfdis som hörde deras högröstade samtal, sporde
nu hvad det var för helvetes larm de förde och
hvad det var för galningar som buro sig så åt nat-
tetid.

Räf bad henne icke ta så häftigt vid sig, men hon öfveröste dem med ovett till den grad, att de hade varit nöjda med vida mindre. De sökte här som på andra ställen, men hade dock rannsakat ännu nogare, om de icke mött ett sådant mottagande. De sade nu bonden farväl och vände tillbaka till Bork, mycket illa tillfreds med sin färd, på hvilken de endast skördat skam, utom det att några män satt till lifvet. Detta blef snart kändt i trakten, och folket såg just icke ogärna, att de kommit till korta mot Gisle.

Bork drog nu med harm och förargelse hem och förtalte för Ejolf hur det gått för honom.

Gisle stannade hos Räf ännu fjorton dagar till, hvarefter de skildes i all vänskap. Gisle gaf Räf en knif och ett bälte, mer hade han icke att ge. Sedan drog han åter till sin maka Auda i Gertjofsfjord, och hans rykte hade nu växt ansenligt. Det kan också med sanning sägas, att duktigare och modigare man än Gisle fanns icke, då han kunde reda sig mot så många och mäktiga män som han hade att värja sig för, och så föga gynnad af lyckan som han var.

TORKEL SURSSONS DRÅP

På våren begaf sig Bork till Torskafjordsting för att träffa sina vänner. Torskafjorden, invid hvilken tinget hölls och efter hvilket det hade sitt namn, var en vik på nordsidan af den stora Bredfjorden. Till samma ting for också Gest Oddleifsson västerifrån och likaså Torkel Sursson. De seglade hvar och en på sitt skepp.

160

Då Gest var resfärdig, kommo till honom två unga män, uselt klädda och med stafvar i händerna. De talade mycket hemlighetsfullt med Gest, men så mycket förstod man, att de bådo om att få följa med Gest på hans skepp och att de fingo lof därtill.

De följde med Gest till tinget, men så snart skeppet landat, gingo de från bord och drogo den vanliga vägen till tingsplatsen. Där vistades nu en man vid namn Hallbjörn som med 10 å 12 man brukade draga omkring i bygderna och förrätta hvarjehanda sysslor. Han höll nu på att lägga tak på en bod.

Till honom gingo de båda unga männen och bådo att få uppehålla sig i hans bod. Hallbjörn svarade, att han aldrig brukade vägra detta, när någon bad honom därom. "Jag känner alla höfdingar och godordsmän", tillade Hallbjörn.

De unga männen sade, att de gärna ville ställa sig under Hallbjörns ledning, i synnerhet skulle de vilja se de mäktiga män, om hvilka signerna tala så mycket.

Hallbjörn erbjöd sig att gå med dem ned till stranden och säga dem hvilka som voro ombord på skeppen, hvarefter de anlände, ty han kände väl till hvarje skepp. De tackade honom för hans välvilja och följde med ned till sjön.

Då det nu kom ett skepp, sporde den äldre af männen: "Hvem äger det där skeppet som seglar där närmast oss?"

"Bork den tjocke", svarade Hallbjörn, "och därnäst seglar Gest den milde."

"Hvem seglar strax därefter och lägger just nu till inne i viken?" frågade de.

"Det är Torkel Sursson", svarade Hallbjörn.

De sågo nu hvar Torkel gick i land och de satte sig i närheten däraf, under det han flyttade sina saker från skeppet, emedan sjön vräkte hög mot land.

Torkel hade en präktig hatt på hufvudet, en grå kappa med guldspänne på ena axeln och svärd i handen.

Hallbjörn med sina bägge följeslagare gingo bort till den plats, där Torkel satt sig, och så tog den äldsta af ynglingarna till orda: "Hvem är den mäktige man som sitter här? Jag har aldrig sett någon ståtligare och med förnämare väsen?"

Torkel svarade: "Väl lägger du dina ord. Mitt namn är Torkel."

Mannen sade: "Det måtte vara ett präktigt stycke svärd du har i handen. Får jag lof att se på det?"

Torkel genmälde: "Det är förunderligt, att du tycker så mycket om svärdet. Men du kan gärna få se närmare på det", därmed räckte han honom det.

Mannen tog emot svärdet, vände sig litet åt sidan, ryckte af fredsbandet[10] och drog ut klingan.

"Jag gaf dig icke lof att draga ut svärdet", sade Torkel.

"Därtill sporde jag icke heller om lof", genmälde mannen, lyfte svärdet och högg till Torkel öfver halsen, så hufvudet föll af.

---

[10] För att förhindra att svärd i öfverilning eller vredesmod, då allmän fred skulle hållas, såsom vid ting, vid offring, i kyrka o.s.v. var klingans fäste bundet vid skidan med band, som kallades fredsband.

Hallbjörn vandringsman sprang strax upp; mannen kastade från sig svärdet och tog sin staf, sedan löpte båda med Hallbjörn. Han och hans folk blefvo nästan vansinniga af förskräckelse, och alla sprungo upp till den bod som Hallbjörn höll på att lägga tak på. Folket samlade sig sedan omkring Torkel och undrade hvem som kunde ha föröfvat denna illgärning. Bork sporde hvad detta oväsen skulle betyda och hvad det var för stoj omkring Torkel.

I det nu Hallbjörn, hans folk och de okända männen, tillsammans 15 personer, rusade upp mot boden, svarade den yngsta af de båda, som hette Helge. Den som föröfvat dråpet hette Berg: "Inte vet jag hvad de förehafva, men jag tror nästan, att de tvista om huruvida Vestein endast efterlämnat döttrar eller om han också haft någon son."

Hallbjörn sprang till sin bod, men Helge och Berg löpte till skogs och blefvo icke funna.

Nu skyndade alla till Hallbjörns bod och sporde hvad som var på färde. Hallbjörn och hans folk berättade att två unga män hade kommit till dem, men vidare besked visste de ej, dock beskrefvo de deras utseende och tal sådant det var.

Af Helges ord trodde sig Bork kunna döma att det måtte hafva varit Vesteins söner, och han gick därpå till Gest för att rådslå med honom hur han skulle gå till väga.

"Af alla män är jag närmast till att ställa mig som målsman för min dräpta måg Torkel", sade Bork, "och det syns mig sannolikast, att Vesteins söner begått dråpet, då det, så vidt jag vet, icke är någon annan som haft något ouppgjordt med Torkel. Nu ha de kanske varit så lyckliga att komma undan för denna gång; men råd mig hur jag skall anlägga åtalet."

Gest svarade: "Hade jag begått dråpet, skulle jag nog hitta på råd att göra åtalet ogiltigt; jag skulle begagna det knepet att ge mig ett annat namn än mitt rätta."

Gest afrådde bestämdt att anlägga åtal, och man förstod nu, att han varit i samråd med de unga männen, hvilkas frände han var.

Det blef ingenting af med åtalet. Torkel höglades på sedvanligt sätt och folket drog hem från tinget, där ingenting vidare tilldrog sig. Bork var mycket missbelåten med sin färd, något som han nu visserligen var van vid, men denna gång hade han dock mer än vanlig orsak därtill.

Vesteinsönerna Berg och Helge, vandrade oafbrutet tills de kommo till Gertjofsfjord, utan att få någon föda på hela tiden och liggande ute i skog och mark. Då de kommo till Audas gård och bultade på dörren var Gisle där. Auda gick till dörren, öppnade den och hälsade vandrarna, men Gisle låg kvar i sin säng. Under golfvet där sängen stod var en källare, dit Gisle kunde ta sin tillflykt, ifall Auda, genom att höja rösten, gaf det öfverenskomna varningstecknet. Berg och Helge förtalde för Auda om Torkels dråp och likaså hur länge de varit utan mat.

"Jag skall ge eder mat", sade Auda, "och sända eder öfver till Mosdal, till Bjartmarssönerna. De skola nog dölja eder, när de få se det igenkän-ningstecken som jag skall lämna eder till dem. Jag handlar på det sättet därför, att jag ej vill be Gisle att hjälpa eder."

De gingo därpå ett stycke in i skogen, åto med god smak och lade sig sedan att sofva.

Emellertid gick Auda in till Gisle och sade: "Nu kommer det an på om du vill visa mig större he-der än jag förtjänar."

"Jag vet hvad du vill säga", afbröt Gisle, "du vill tala om för mig att min broder Torkel är dräpt."

"Du gissar rätt", sade Auda, "två unga män ha nu kommit hit för att söka räddning hos dig. De tyckas ej kunna sätta sin lit till någon annan."

"Nej", genmälde Gisle, "jag kan inte uthärda att se min broders banemän", därmed springer han upp och drar svärdet.

Auda förtalde nu att de redan voro borta. "Jag var så klok", sade hon, "att jag ej behöll dem kvar här."

"Det var också det bästa", inföll Gisle, "att jag ej träffade tillsammans med dem."

Så blef han lugn igen och det blef tyst och stilla en tid.

EJOLF SÖKER ÖFVERTALA AUDA ATT FÖRRÅDA GISLE

Det skulle nu återstå endast två vintrar på den tid som drömkvinnan hade sagt att Gisles lefnad skulle räcka, och han vistades allt fortfarande på Gertjofsfjord. Hans drömmar hemsökte honom återigen och nu var det oftast den onda drömkvin-nan som visade sig för honom.

En natt såg han likväl den goda drömkvinnan ridande på en grå häst, och hon inbjöd honom att följa sig till sitt hem. Han tog emot anbudet och strax kom han till ett hus eller en stor hall, hvari han infördes. Här stodo bänkar med hyenden och allt var väl inredt. Drömkvinnan bad honom göra det godt för sig och sade: "Hit skall du komma när du dör och här skall du njuta lycksalighet." Därvid vaknade han och kvad en visa om sin dröm. Då det syntes alla sannolikt att Gisle måste vara i Gertjofsfjord, skickades Helge dit för att speja. Med honom följde en man vid namn Håvard, en frände till Gest Oddleifsson som hade kommit till Island sommaren förut. För syns skull skickades de till skogen för att hugga ämnesträ, men deras egentliga uppdrag var att spana efter Gisle och hans gömställen. En dag fram mot kvällen sågo de eld i bergsklyftorna söder om ån; det var just i skymningen och redan ganska mörkt.

Håvard sporde då Helge: "Hvad skola vi nu göra? Det är viktigare för dig att tänka på än för mig." "Jag ser ingenting annat", svarade Helge, "än att sätta upp en vårdkas på den här höjden, där vi nu stå, så kunna vi se den när det blir ljus dag, och härifrån kan man se bort till klyftan, det är ju blott ett litet stycke."

De gjorde som Helge föreslog, och när de hade satt upp vårdkasen, sade Håvard, att han var sömnig samt lade sig att sofva, medan Helge vakade och fullbordade hvad som ännu återstod att göra på vårdkasen.

Då Helge var färdig därmed, vaknade Håvard och bad Helge att lägga sig, sägande att nu skulle han vaka. Helge lade sig nu och sof en stund. Under tiden ref Håvard sönder vårdkasen och bar bort stenarna. Då det var gjordt, tog han en stor sten och kastade den utför berget tätt intill Helges hufvud, så att jorden skakade. Helge for helt förskräckt upp och frågade hvad som var på färde. Håvard svarade: "Det är folk i skogen och många sådana stenar ha kastats här i natt. Det är helt säkert Gisle som varsnat oss; och du kan väl förstå, kära vän, att om en sådan sten träffade oss skulle den helt och hållet krossa oss."

Helge tog nu till fötter så mycket han kunde springa. Håvard gick sakta efter och bad Helge att inte springa så fort, men han hörde ej därpå, utan sprang så mycket han förmådde. Slutligen kommo de ned till sjön, hoppade i båten, lade ut årorna och rodde bort af alla krafter.

De kommo hem till Otradal, och Helge berättade nu, att han visste hvar Gisle fanns. Ejolf bröt då genast upp jämte elfva man, bland hvilka voro Helge och Håvard. De seglade in i Gertjofsfjord samt gingo upp i skogen och letade öfverallt för att få reda på vårdkasen och Gisles gömställe, men ingendera delen stod att finna.

Ejolf sporde Håvard hvar de hade satt upp vårdkasen.

"Det vet jag inte", svarade Håvard, "ty det var mycket mörkt och jag var mycket sömnig. Men det synes mig icke omöjligt att Gisle har blifvit oss varse och sedan burit bort vårdkasen då det blef ljust."

Då utbröt Ejolf: "Alltid ha vi då otur vid de här företagen och vi få väl vända om hem igen."

De gjorde så också, men Ejolf sade, att han likväl först ville tala vid Auda. De gingo därför bort till gården och in i stugan, där Ejolf satte sig och talade med Auda.

"Jag vill sluta köp med dig, Auda", sade han. "Om du säger mig hvar Gisle är, skall jag ge dig trehundrade i silfver som jag har fått för Gisles lif. Du skall också vara närvarande när vi dräpa honom. Men jag skall dessutom lofva dig att skaffa dig ett långt bättre gifte än du har fått. Tänk bara på hur ohyggligt för dig att ligga i den här ödemarken för Gisles olycka och att hvarken se fränder eller vänner."

"Hvad jag minst tror vi bli ense om", genmälde Auda, "är att du skall kunna skaffa mig ett gifte som jag anser bättre än mitt nuvarande. Men det är väl som ordspråket säger, att gods får skänka tröst efter den som hän skall fara. Låt mig därför se om ditt silfver är så mycket och så godt som du säger."

Han tömmer då ut silfret i hennes knä och hon hjälper till. Han täljer och räknar för henne; men hennes fosterdotter Godrid brast ut i gråt.

Godrid gick ut till Gisle och förtalde hvad som skett sägande: "Min fostermoder har mist förståndet, hon tänker förråda dig."

"Var inte rädd för det", sade Gisle, "jag kommer inte att förlora lifvet genom förräderi af Auda."

Flickan gick då hem igen, utan att nämna om hvar hon varit.

Ejolf hade räknat silfret, och Auda medgaf, att det till alla delar var så mycket och så godt som han hade sagt.

"Har jag således nu rätt att göra med det hvad jag vill", sporde Auda.

"Ja", svarade Ejolf, "gör du med det hvad du för godt finner."

Hon strök då ned silfret i en stor pung, reste sig upp och slog Ejolf midt i ansiktet med pungen, så att blodet strömmade om näsa och mun samt utbrast: "Detta skall du ha, för du kunde tro så illa om mig, att jag skulle vilja förråda min husbonde till dig, du eländiga man. Tag nu detta, din usling, och spott och spe därtill och kom ihåg hela ditt skändliga lif igenom, att du blifvit slagen af en kvinna, utan att ha vunnit hvad du velat vinna."

Ejolf ropade: "Tagen och dräpen henne; att hon är en kvinna gör intet till saken!"

Håvard genmälte: "Vår färd är usel nog ändå utan att vi skola begå ett sådant nidingsdåd. Stå upp godt folk och låt honom icke få sin vilja fram."

"Det är sant som ordspråket säger", utbrast Ejolf, "att dåligt sällskap är värst när det är hemifrån."

Men då Håvard var en vänsäll man, voro alla redo att hjälpa honom att hindra Ejolf ställa till en olycka. Han måste därför finna sig i sitt öde och vända om hem med oförrättadt ärende.

Innan Håvard gick ut sade Auda till honom: "Det är icke mer än billigt, att jag godtgör dig för Gisles skuld. Se här en guldring som jag ber dig mottaga."

"Jag har aldrig tänkt att fordra någon lön", invände Håvard.

"Ja, men jag vill nu, att du skall ta emot den", in-
föll Auda och gaf honom ringen.

Håvard fick nu en häst och red söderut efter
stranden till Gest Oddleifsson, men Ejolf drog
hem till Otradal och var mycket illa till mods för
sin färd, hvilken alla tyckte var så föga hedersam
som möjligt.

GISLES SISTA STRID

Så lider det nu fram på sommaren. Gisle höll sig i
sina jordkulor och var mycket varsam om sig.
Det syntes honom som om hans förföljare nu
skulle ha stuckit sina näsor i alla hans gömställen.
Dessutom voro alla de vintrar förlidna som
lofvats honom i drömmen.

En natt på sommaren jämrade Gisle sig mycket
illa i sömnen, hvarför Auda frågade honom, se-
dan han vaknat, hvad han hade drömt.

Gisle svarade: "Nu kom den elaka drömkvinnan
till mig och sade, att hon skulle förändra allt som
den goda drömkvinnan lofvat honom och laga så,
att detta ej skulle bli honom till gagn. Så kvad
hon en visa, hvari hon förtalde, att gudarna voro
förtörnade på honom och att Oden utsändt henne.
Vidare drömde jag, att samma drömkvinna kom
till mig och satte på mitt hufvud en hufva som
hon först doppat i blod och sedan öste blod öfver
mig, så att jag blef helt blodig."

Gisle kvad nu också en visa om hur han själf såg
sig drypande af blod.

Hans drömmar blefvo nu så svåra att han icke vå-
gade vara allena. En annan gång såg han folk
komma till sig och däribland var Ejolf. Då de

170

stötte samman blef det slagsmål utaf. En af dem
som kom i vägen högg Gisle till så han gick af på
midten och det syntes som det var ett ulfhufvud
på honom. Därpå tyckte Gisle, att alla trängde sig
in på honom, men att han hade en sköld i handen
och värjde sig länge.

Denna sommar var Gisle hemma och allt var
lugnt och stilla.

Då den sista sommarnatten kom, kunde hvarken
Gisle, Auda eller Godrid sofva. Det var stilla och
lugnt, men kallt så att det föll mycket rimfrost.
Gisle ville nu draga upp till sitt gömställe i
klefven för att se om han kunde sofva där.

De gingo därför alla tre upp till klefven. De voro
iklädda långa kappor som släpade på marken och
bildade en bred väg i det starkt rimfrosttäckta
gräset. Gisle hade en staf i handen och ristade ru-
nor på den, under det han gick, hvarvid spånorna
föllo på marken.

Så snart han kommit fram till gömstället, lade
han sig, men knappt hade han insomnat, innan en
ohygglig dröm kom öfver honom, så att han strax
vaknade och började kväda om sin dröm. I det-
samma hörde de folk tala. Ejolf jämte fjorton
man hade kommit och från boningshuset hade de
följt spåren i rimfrosten.

Då Gisle och hans sällskap märkte, att det kom-
mit folk, sprungo de genast upp på en klippa,
hvarifrån det syntes dem lättast att försvara sig.
De hade hvar sin staf i handen.

Ejolf gick nu fram till foten af klippan och sade
till Gisle: "Du gör nu bäst uti att icke sticka dig

undan längre, som fega människor bruka göra, el-
ler låta dig jagas som ett vildt djur. Det har varit
lång tid nog mellan våra möten, och jag skulle
gärna vilja, att detta blefve det sista."
"Gå du bara som en man mot mig, jag skall inte
dra mig undan; det är din skyldighet i första rum-
met att själf anfalla mig, ty du har mera orsak
därtill än de andra som följa dig", svarade Gisle.
"Jag behöfver inte spörja dig om lof att ordna
mitt folk som mig lyster", genmälde Ejolf.
"Det kunde man väl vänta, att du din rädda hund
inte skulle våga att ge dig i strid med mig", ut-
brast Gisle.
Nu vände sig Ejolf mot Spejar-Helge sägande:
"Du skulle göra dig förtjänt af stort beröm,
Helge, om du ville gå först upp på klippan och
anfalla Gisle; det skulle bli en ära för dig, som
inte skulle glömmas."
"Ofta har jag märkt", invände Helge, "att du helst
vill ha någon framför dig, då det är någon fara på
färde. Men eftersom du uppmanar mig så enträ-
get, skall jag angripa honom, men följ då manligt
efter och gå med, om du inte är en rädd stackare."
Helge gick nu framåt där det syntes honom lämp-
ligast. Han hade en stor yxa i handen, ett svärd
vid sidan och sköld på armen. Han bar en grå
kappa och hade bundit den om lifvet med ett rep.
När han kom fram till klippan, tog han sats och
sprang uppför densamma mot Gisle, men denne
vände sig mot honom och högg till med svärdet
mot länderna, så att Helge blef skuren midt itu
och hvardera hälften rullade ned på hvar sin sida
om klippan.

Ejolf arbetade sig upp en annan väg, men Auda gick emot honom och slog honom öfver armen med sin staf, så att armen blef maktlös och Ejolf tumlade ned utför klippan.

Då sade Gisle: "Redan för längesedan visste jag, att jag var godt gift, men så bra trodde jag dock icke att det var."

Nu gingo två man mot Auda och Godrid för att hålla dem och därmed hade de fullt göra.

De öfriga tolf togo nu vägen uppför klippan och kommo omsider dit samt trängde in på Gisle, men han värjde sig både med vapen och stenar, så att hans angripare kunde föga uträtta.

En af Ejolfs följeslagare sprang nu mot Gisle och sade: "Öfverlämna åt mig de vapen du bär samt din hustru Auda och allt öfrigt."

"Så tag också emot dem utan fruktan, eljest är du icke värd hvarken mina vapen eller min hustru." Mannen stack nu med spjutet efter Gisle, men denne högg med yxan tvärs öfver spjutskaftet, hvarvid yxan träffade klipphällen, så att eggen gick utaf. Då kastade Gisle yxan ifrån sig och grep till svärdet samt fällde mannen därmed.

De öfriga trängde hårdt in på honom, men han värjde sig manligt. Kampen blef allt hårdare och Gisle dräpte ytterligare två män, så att i allt fyra nu lågo fallna.

Ejolf eggade dem oupphörligt att gå på som modiga män. "Det kan inte hjälpas, om ni slita ondt, bara utgången blir god."

Då man minst väntade det sprang Gisle upp på en enslig smal klippspets, vände sig där mot fienden och försvarade sig med kraft. Detta kom helt oförmodadt öfver dem och det syntes dem vida värre än förut, ty fyra man voro redan döda och de öfriga sårade och trötta.

Det inträdde därför ett uppehåll i angreppet. Ejolf uppmanar åter sina män på det ifrigaste och lofvar dem stora gåfvor, om de kunna besegra Gisle; han hade också utvaldt folk såväl i afseende på mod som uthållighet och stridbarhet. En man vid namn Sven sökte först att tränga in på Gisle, men han blef klufven till skuldrorna och slungad ned från klinten. Det syntes dem nu som detta manfall aldrig skulle ta slut och Gisle sade till Ejolf: "Jag önskar att de trehundrade i silfver som du tagit för mitt lif måtte bli det mest dyrköpta af allt och att du skulle vilja ge desamma trehundrade och andra trehundrade till, om vi aldrig hade träffat samman; du inhöstar blott skam och vanära för din manspillan."

De öfverlade nu om hvad som var att göra, då de icke, om det så skulle kosta dem lifvet, ville vända om med oförrättadt ärende. De angrepo nu från två sidor, och med Ejolf följde två af hans fränder, Torer och Tord, de största af allesammans och duktiga karlar. Angreppet blef både hårdt och häftigt. Det lyckades dem väl att såra Gisle med några spjutstick, men han värjde sig så oförskräckt och kraftigt, och gaf dem så fullt upp med stenkast och väldiga hugg, att ingen af angriparna var osårad; Gisle var icke osäker hvarken på hand eller öga.

Ejolf och hans fränder angrepo ännu ifrigare och våldsammare, emedan de sågo, att deras ära och anseende stodo på spel. De ville därför hellre

offra sina lif än att på samma sätt som förut
vända om. De stucko därför oupphörligt med
spjuten och träffade honom slutligen så hårdt att
inälfvorna föllo ut. Han svepte då skjortan bättre
till och band om alltsammans med repet. Han bad
dem därpå att vänta i stillhet och se det slut de
hade önskat.

Gisle sjöng därpå sitt sista kväde om hur han nu
skulle gästa den hall, dit hans goda drömkvinna
inbjudit honom. Men knappt hade han slutat sitt
kväde, förrän han sprang ned från klippspetsen
och högg svärdet i hufvudet på Tord, Ejolfs
frände, så att han klöfs ned till bältet, därpå föll
han själf död ned.

Gisle hade så många och så stora sår, att det syn-
tes rent af vidunderligt, hur han kunnat hålla ut så
länge. Men alla sade om honom, att han aldrig vi-
kit tillbaka och att hans sista hugg var lika
kraftigt och skarpt som det första. Så ändades
Gisles lif och alla tyckte, att han dött som en
hjälte.

Ejolf och hans män drogo nu ned honom, togo
svärdet ifrån honom och öfvertäckte hans lik med
stenar. Sedan gingo de ned till sjön och vid stran-
den dog den sjätte mannen i Ejolfs följe af sina
sår.

De ännu lefvande reste tillbaka till Otradal, och
Ejolf tillbjöd Auda att följa med dem, men hon
ville det icke. Samma natt som de afreste dog den
sjunde mannen; den åttonde låg i tolf månader till
följd af sina sår, men dog slutligen däraf. De
öfriga blefvo visserligen friska igen, men fingo

ingen heder af sin bragd, det sades, att ingen en-
sam man hade värjt sig så som Gisle.

SLUTORD

Ejolf for sedan hemifrån till Bork och förtalde för
honom om Gisles slut. Bork blef mycket glad och
bad sin husfru Tordis, Gisles syster, att ta väl
emot de kommande. Tordis genmälde, att hon var
gripen af sorg öfver sin broders död och att hon
icke kunde ta väl emot dem som dräpt honom;
hon frågade om det ej var nog att bjuda dem på
bara gröt.
Då Tordis på kvällen skulle bära in lådan med
skedarna, lät hon allt falla på golfvet, och då hon
böjde sig ned för att ta upp skedarna, blef hon
varse Gisles svärd som Ejolf hade liggande mot
foten, där han satt vid bordet. Hon tog sakta svär-
det och rände det mot lifvet på Ejolf; men fästet
tog emot bordskanten så att klingan träffade
Ejolfs ben i stället och ett stort gapande sår upp-
stod.
Alla sprungo nu upp från bordet och Bork ryckte
svärdet från Tordis samt öfverföll henne med
slag, men Snorre, hennes och Torgrims son, nu
fjorton år, gick emellan sägande, att hans moder
nu hade sorg nog och ej fick misshandlas.
Bork bjöd Ejolf själfdom, d.v.s han fick tilldöma
sig själf böter, och han tilldömde sig full mans-
bot, men han skulle ej ha nöjt sig därmed, om
Bork hade varit i samförstånd med Tordis.
Tordis nämnde sig vittnen och förklarade sig
skild från Bork samt flyttade till Tordisarstad, un-
der det att Bork stannade på Torsnäs eller

Helgafjäll, som gården också kallades efter ett invid gården varande litet, som mycket heligt ansedt, fjäll. Därifrån fördrefs han likväl senare af Snorre, då Snorre Gode.

Vesteinsönerna tillsammans med deras moder Gunhild jämte Gisles änka Auda samt Godrid och Germund seglade öfver till Norge. Då de landat gick Berg Vesteinsson, Torkels dråpare, i land för att skaffa dem härbärge. På en gata i staden mötte han tvenne män. Den ena, en ung högväxt man som var klädd i en präktig scharlakansdräkt, sporde Berg om hans namn. Då Berg icke trodde sig ha något att frukta för sin faders skuld, nämnde han utan tvekan dennes namn. Men knappt hade han gjort detta förrän mannen i scharlakansdräkten drog sitt svärd och högg ned Berg. Mannen var Are Sursson, Gisles och Torkels broder.

Då Bergs följeslagare kom ned till skeppet och mälde denna tidende, seglade de öfriga bort ifrån staden. Helge for öfver till Grönland, där han växte till och blef en mycket duktig man. Folk sändes öfver dit för att dräpa honom, men detta lyckades ej. Slutligen omkom han på en jaktfärd. Auda och Gunhild seglade öfver till Hejdaby i Danmark, Slesvig, där de öfvergingo till kristna läran, hvarefter de drogo till Rom, men kommo aldrig tillbaka.

Germund och hans syster Godrid stannade i Norge, där det gick dem väl. Are Sursson seglade till Island, där han köpte sig jord och stannade kvar. Från honom nedstamma många mäktiga män.

ANMÄRKNINGAR

Hervarasagan hör till de äldre mytiska sagorna ehuru författad i en sen tid, antagligen i trettonde århundradet. Den är synbarligen sammanförd ifrån flera skilda sagor och den röda tråd som sammanhåller dem är myten om svärdet Tirfing, som Hervar med mäktig sång tvang sin högsatte fader att lämna henne, och den förbannelse som dvärgarne, hvilka smidde svärdet, hade fäst vid detsamma.

De öfriga sagorna hvila på historisk grund. Jomsborg anlades omkring 950 af Palnatoke, antagligen på sydöstra sidan af ön Vollin i Pommern. I slaget vid Hjärungavåg blef jomsvikingarnas makt bruten, men ännu långt efteråt fanns Jomsborg kvar som en starkt befäst plats.

Gunlög Ormtungas saga utspelar sina tilldragelser omkring år 1000 och hela berättelsen skulle omfatta blott en tidrymd af omkring tio år.

Gisle Surssons saga utspelar sina tilldragelser ungefär mellan åren 950 och 980. Torgrims dråp antages till år 963 och Gisles till 978.

Från Torgrim Torstenssons och Tordis Sursdotters son Snorre Gode nedstammade Sturlungaätten, till hvilken Snorre Sturlasson, kungasagornas författare, hörde. I företalet till dessa sagor nämner författaren att Snorre Gode, hans stamfader, var 35 år när kristendomen infördes på Island. Detta skedde under åren 998, 999, 1000.

De i sagan handlande personerna hörde till Islands förnämsta ätter.

När det talas om "sista sommarnatt", få vi erinra oss, att i forntiden indelades året i två årstider: sommar och vinter. Sommaren räknades börja i sista hälften af april, då vintern ansågs vara slut, och sluta i sista hälften af oktober, då vintern började.